# La belle vie après 70 ans

## DU MÊME AUTEUR

*Les Passions du dimanche*, L'Entreprise moderne
*Carnets mondains*, La Table Ronde (grand prix de l'Académie de l'humour, 1962)
*Madame n'est pas servie*, La Pensée moderne
*Petit précis de sociologie parisienne*, Grasset
*Lettre ouverte aux marchands du Temple*, Albin Michel
*Comment devenir animateur de radio sans se fatiguer*, La Pensée moderne
*Un oursin dans le caviar*, Stock
*La Cuisse de Jupiter*, roman, Stock
*Impair et passe*, roman, Stock
*Du vinaigre sur les huiles*, Plon
*Et si je disais tout...*, Stock
*L'Huile sur le feu*, Mengès
*En pièces détachées*, Presses de la Cité
*Douze mois et moi*, Stock
*Tous des hypocrites sauf vous et moi...*, Albin Michel
*Un oursin chez les crabes*, Stock
*Les Champions du loto*, Presses de la Cité
*Maximes au minimum*, Robert Laffont
*Le Théâtre de Bouvard*, Jean-Claude Lattès
*Le Petit Bouvard illustré*, Presses de la Cité
*Je ne l'ai pas dit dans les journaux*, Presses de la Cité
*Pas de quoi être fier...*, Robert Laffont
*Contribuables, mes frères*, Robert Laffont
*Cent voitures et sans regrets*, Jean-Claude Lattès
*Les Pensées*, Le Cherche-Midi éditeur
*Un homme libre*, roman, Grasset
*La Grinchieuse*, roman, Albin Michel
*Journal de Bouvard*, Le Cherche-Midi éditeur
*Une pâle ordure*, roman, Albin Michel
*Joueurs, mes frères*, Robert Laffont
*Journal 1997-2000*, Le Cherche-Midi éditeur

### THÉÂTRE

*Au plaisir, Madame*
*Double foyer*

Philippe Bouvard

# La belle vie après 70 ans

Albin Michel

22, rue Huyghens, 75014 Paris

www.albin-michel.fr

ISBN 2-226-12803-4

Ce livre d'espoir est dédié à tous les seniors pour lesquels la vie ne s'est pas montrée clémente et qui souffrent dans leur âme ou dans leur chair.

Ph. B.

# 1.

# *Eloge du senior*

Au moment où paraissent ces lignes, j'entre dans ma soixante-treizième année. Pas de quoi se réjouir, estimerez-vous avec raison. Pas de quoi se désespérer non plus. Même si l'essentiel du trajet est effectué et si le chemin qui reste à parcourir risque d'être moins semé de roses avant la fin que de chrysanthèmes après, la vie vaut presque toujours d'être vécue jusqu'à son terme.

Oui, la vie est belle après soixante-dix ans. Je sais de quoi je parle mais je n'ignore pas qu'elle est parfois difficile pour ceux qui souffrent dans leur chair et dans leur âme autant que pour ceux qui, ayant toutes les raisons d'être heureux, semblent prisonniers d'une éthique leur interdisant le bonheur.

Oui, la vie est belle après soixante-dix ans. D'abord parce qu'on est parvenu à la conserver. Ensuite parce qu'elle vous a appris une multitude de choses dont il faut attendre l'âge plus que mûr pour avoir le plein emploi. Enfin parce que si chaque génération a ses modes, chaque âge a ses plaisirs. M'étant astreint, depuis que je sais écrire, à coucher inlassablement sur le papier le résultat tantôt de mes introspections tantôt de mes observations extérieures, j'ai éprouvé au lendemain d'un soixante-dixième anniversaire, dont l'approche m'avait fort inquiété mais après lequel j'avais eu l'impression de naître une seconde fois, l'envie de faire partager mes états d'âme et de livrer mes petites recettes de joie de vivre.

Qu'on ne se méprenne pas sur mon propos : il s'agit moins, lorsqu'on avance en âge, de demeurer jeune que de ne pas devenir vieux. La nuance est aussi capitale pour ceux qui souhaitent rester le plus longtemps possible droits dans leurs charentaises que pour ceux qui ne veulent pas jouer les roquentins et qui se méfient des petites filles de soixante-quinze ans. On peut s'accepter tel que la nature vous a fait et tel que le temps vous a transformé sans baisser les bras devant une fatalité qui n'existe pas — ou seulement très tard — pour le plus grand nombre des seniors.

C'est à dessein que le mot « senior » revient souvent sous ma plume. Je ne lui vois que des qualités. Non seulement il exhale un parfum de latinité qui me reporte à mon adolescence, mais encore il évite de recourir à des vocables aussi péjoratifs que ceux de « vieux » ou — pire — de « vieillard ». Le senior, lui, doit être considéré comme un champion puisqu'à en croire *Le Petit Larousse,* c'est « un sportif adulte appartenant à la catégorie intermédiaire entre les juniors et les vétérans ». Et puis le senior est un sage, doté d'une expérience humaine et professionnelle qui lui a appris à relativiser les noirceurs d'âme, les coups de Jarnac et toutes les vilenies qu'échangent de leur vivant les contemporains avant d'aller moisir sous la même terre.

Le senior est généralement aussi quelqu'un qui a rempli son devoir de citoyen en élevant des enfants, en construisant des maisons, en plantant des arbres, en travaillant avec enthousiasme ou en se forçant à aller au boulot et en acquittant — y compris sur le montant des retraites — des impôts qui coûtent, à certains contribuables, plus cher que l'entretien de leur famille sans leur donner en contrepartie les mêmes plaisirs. Ajoutez à cela que le senior a perdu une bonne part de son agressivité originelle puisqu'il n'a plus, comme dans sa jeunesse, l'obligation de se faire une place au soleil. Je réunis dans cette vision optimiste les vétérans de l'humanité et, à l'exclusion, bien sûr, de pauvres maniaques rendus fous par le bruit, les gaz d'échappement ou la société de consommation, tous ceux qui se sont « fait une situation » ou qui se sont résignés à rester sur le bord de la route. Le senior est également un altruiste qui s'occupe de ses enfants et de ses petits-enfants, qui revoit périodiquement ses copains d'école ou de régiment, qui s'enquiert régulièrement de la santé de ses compagnons de génération et qui, grâce à des vocations associatives de plus en plus répandues, consacre volontiers son reliquat d'énergie à des causes humanitaires ou à des entreprises collectives.

Bref, je ne comprends pas pourquoi, dans une civilisation où les pouvoirs publics et les commerces de détail se sont ligués pour inventer une fête des Pères et une fête des Mères, on n'organise pas, chaque année, une grande fête des Seniors à l'usage des braves qui, n'ayant succombé ni aux maladies nosocomiales, ni à la fatigue du travail, ni à l'ennui de l'oisiveté, ni à l'angoisse métaphysique, ni aux guerres, ni aux épidémies, ni à la pollution, ni à la mal-bouffe, ni à la *real TV*, attestent que, passé un certain âge, il y a encore un avenir fertile en plaisirs et fécond en émotions.

# 2.

# *Silence radio*

En juin 2000, à soixante-dix ans et cinq mois, j'ai cru mourir professionnellement. C'est-à-dire disparaître totalement, compte tenu de la place prédominante que le travail a toujours occupée dans ma vie. Lassés de me voir accumuler les succès qui me rendaient intouchable depuis trente-quatre ans, les nouveaux dirigeants de RTL ont décidé de passer outre aux résultats d'audience et à la faveur que me témoignait le public. C'est par la presse que j'ai appris — dans la grande tradition des groupes de communication — que l'on allait se passer de mes services.

Jusque-là, et depuis des temps immémoriaux, RTL était une entreprise humaine et familiale, cimentée par le talent, le courage, l'amitié et les services rendus. On y entrait à la fin de ses études, on en partait les pieds devant. Cette ambiance exceptionnelle avait réussi à perdurer sous les directions de Jean Prouvost, de Jean Farran, de Raymond Castan et de Philippe Labro, personnages fort différents mais en qui jamais les qualités intellectuelles n'avaient altéré les qualités de cœur. Recruté en 1967 pour un petit remplacement, j'avais rapidement conquis mes galons en réussissant à ne présenter tout au long de trois décennies et demie que trois émissions.

Certes, il est toujours dangereux de gagner davantage et de faire parler plus de soi que ses employeurs. Mais ces derniers s'en étaient si longtemps accommodés que — par naïveté et par vanité — je n'ai pas vu venir le danger. J'avais créé, façonné, dirigé, fait évoluer une « tranche » de quatre-vingt-dix minutes qui, en un quart de siècle, était devenue une véritable institution. *Les Grosses Têtes* venaient d'être plébiscitées comme « l'émission de radio du siècle » et moi comme « l'homme de radio préféré des Français ». Que pouvais-je redouter ? Le pire, mais je ne le savais pas. Un rideau d'audimat et de compliments me masquait la réalité des caractères. Ou plutôt la méchanceté incohérente des caractériels qui venaient de prendre le pouvoir. Mes relations avec Philippe Labro, le patron de l'antenne, étaient anciennes et amicales. Je ne pouvais pas supposer qu'au moment d'accéder au maréchalat, ce vieux briscard se laisserait éliminer et que, par voie de conséquence, la grille qu'il avait imaginée serait saccagée. Qui aurait pu penser que Labro, figure emblématique de la station et des médias, serait placardisé en quelques semaines sous prétexte d'une dépression grossie par le second dont il avait fait la carrière mais qui avait intérêt à ce qu'il quitte les commandes du navire ?

D'habitude, lorsqu'un cadre de très haut niveau connaît le « blues de la soixantaine », on lui accorde trois bons mois pour se remettre. Or là, on crée artificiellement une urgence alors que la station fonctionne très convenablement sur sa forte lancée, en prenant prétexte du départ pour la retraite d'un hiérarque aussi inutile que disert. Résultat : à la date exacte où il aurait dû prendre la présidence de RTL, Labro, complètement rétabli, s'avise qu'il est évincé à jamais. D'où son amertume : « La seule chose qui me console est qu'on ait cassé mon bureau pour en faire un studio et qu'ainsi il ne serve pas à mon successeur. » On voit l'ambiance. On devine le tapis de peaux de bananes servant de moquette directoriale à un Poutine qui se prend pour Pierre le Grand.

A la mi-mai, le nouveau manitou qui vient de toucher le salaire de ses trahisons me convoque. L'entretien est bref : « Votre contrat ne sera pas renouvelé. On ne vous reproche rien mais il faut rajeunir notre clientèle. »

C'est tout. Pas un mot sur les trente-quatre années de succès que j'ai apportées à la station. Pas le moindre petit os à ronger dans le genre « Une minute de chronique dans la nuit de dimanche à lundi vers deux heures du matin ». Il ne cesse de regarder sa montre d'un air soucieux. Comme quelqu'un qui a d'autres exécutions capitales à son programme. Pas la plus petite trace d'humanité sur son visage buriné par l'impatience hypocrite des éternels adjoints. Sa seule politesse consistera à me raccompagner jusqu'à l'ascenseur. Mais c'est pour s'assurer que je suis parti. J'encaisse, comme je peux, ce bloc de mépris pour le collaborateur, pour son travail, pour ses auditeurs. Mais avant de prendre congé (sans solde) je lance tout à trac : « Ne sous-estimez pas ma médiatisation, ne surestimez pas la vôtre ! »

Je serai entendu au-delà de tout ce que j'avais pu imaginer. Dès le lendemain le scandale éclate à la première page des quotidiens nationaux relayés bientôt par l'ensemble des périodiques. Du bois vert pour Duhamel, des lauriers pour moi qui n'en réclamais pas tant, persuadé de finir paisiblement mes jours professionnels rue Bayard. Des académiciens devenus soudain virulents, des confrères célèbres dont je ne soupçonnais pas la sympathie à mon égard font chorus en reprenant la locution que j'avais articulée à l'aide d'un vocable qui m'est cher mais qui ne figure pas au dictionnaire : « Les nouveaux dirigeants de RTL se sont conduits comme des gougnafiers. »

Le courrier arrive par sacs entiers : de tous les coins de la France et de la francophonie, des amis perdus de vue, des membres du « club des lourdés de quelque part », pas fâchés de compter un nouveau compagnon jusque-là épargné, et surtout des millions d'auditeurs catastrophés. Pendant des semaines les médias ne bruissent que de cette affaire dont j'essaie en vain de relativiser l'importance au milieu de problèmes de société plus angoissants. Je ne suis pas à la rue et pas davantage un cas social. Peine perdue : les confrères ont résolu de presser le juteux citron de l'injustice jusqu'à sa dernière goutte. Le téléphone continue à sonner. J'ai tout dit. Je n'ai plus un mot à ajouter. Mais on en redemande. J'essaie d'adopter le profil bas du grognard chassé de Wagram. Durant ce temps-là l'état-major de RTL multiplie vilenies et mensonges. Rigaud, dans un chant du cygne pâteux et pitoyable, allègue que j'étais parfaitement au courant de ce qui m'est arrivé (pas par lui, en tout cas, qui s'est, dix jours avant l'annonce de mon éviction, entretenu pendant trois quarts d'heure avec moi sans y faire la moindre allusion) et que j'ai demandé à faire valoir mes droits à la retraite. Or, je n'ai, à partir de soixante-cinq ans, et afin de toucher une juste pension tout en continuant à travailler, que sollicité et obtenu une classique mise en ordre administrative : la transformation de mes salaires en honoraires. La pauvre baderne énarchique se fend en outre d'un couplet embarrassé où il prétend qu'il faut deviner l'usure d'une émission avant qu'elle ne se produise. Tu parles ! *Les Grosses Têtes* sont toujours en haut du palmarès des audiences et des recettes publicitaires. J'adresse à Rigaud une lettre pas à piquer des vers au fil de laquelle je le traite de lâche, de menteur et d'hypocrite. Il ne m'envoie pas ses témoins, comme le sens de son honneur aurait pu le pousser à le faire, mais deux feuillets manuscrits pour se justifier. Infortunée ganache de la culture, tombée dans la marmite audiovisuelle parce que les cabinets ministériels ne voulaient plus de lui, qui publie de temps à autre des bouquins dont les journalistes parlent par obligation confraternelle mais que personne ne lit jamais.

Rue Bayard l'atmosphère s'alourdit. Les copains de vingt ans, terrorisés par les ukases du nouveau tsar, rebroussent chemin lorsqu'ils m'aperçoivent au détour d'un couloir. Mes collaborateurs attendent d'être à l'extérieur pour me téléphoner. J'étais un exemple, je suis devenu un pestiféré. Les mensonges se poursuivent à l'occasion des lettres-circulaires que Duhamel signe à l'intention des auditeurs furieux. A l'en croire, mon départ a été décidé en plein accord avec moi. Je crois rêver. Puis, n'en étant pas à une contradiction près, la direction soutient s'être opposée à ce que je réalise mon projet (?) de mener l'émission jusqu'à son vingt-cinquième anniversaire avant de la saborder. Et comme Christophe Dechavanne, mon successeur désigné, s'étonne qu'à mon départ de la station il ne se soit trouvé qu'un vigile pour me dire adieu, on lui assure qu'on voulait organiser une fête (*sic*) mais que je ne l'ai pas souhaitée. Tout faux.

Il y a pire : les démarches d'intimidation auprès des patrons des radios concurrentes qui veulent m'engager ; le coup de fil à Michèle Cotta, directrice de France 2, d'un dirigeant de RTL qui assimile à un « acte inamical » mon arrivée sur la chaîne publique. A quoi s'ajoute bientôt le boycott du dernier livre de Jean Dutourd qui a commis la faute impardonnable de prendre ma défense dans les colonnes du *Figaro*. Parallèlement et impertubablement, la station s'obstine — faute de matériel de remplacement — à diffuser durant tout l'été les

« best » (*sic*) de mes émissions. Le courrier arrive toujours. Je mets un point d'honneur à répondre à chaque correspondant. Vais-je mourir ? Les éloges, qui ont salué ma mise à la porte, semblent m'en dispenser puisque j'ai déjà pu lire un peu partout ma nécrologie.

Mais l'avenir est sombre pour qui la vie et le travail se confondent. Multicartes depuis un demi-siècle, je considérerais comme un coma profond de n'avoir plus qu'une ou deux activités. Mon équilibre — joie de vivre, santé, sommeil — exige, au-delà du plein emploi, le surmenage qui m'a toujours tenu lieu de sport. L'idée qu'on puisse se passer de moi m'est insupportable. Un appétit de labeur incroyable, déraisonnable, inouï, m'habite. Il suffit qu'un pan de mon édifice personnel s'écroule pour qu'aussitôt j'en reconstruise un à l'identique. Je suis un rebelle de l'état civil. J'ai des angoisses et des ambitions de jeune homme. Si j'entreprends de nouvelles collaborations, il me semble que toute ma carrière en dépend. Le passé est oublié, relégué dans la panoplie des vieilles lunes. Seul l'avenir m'importe. J'ai maintenant la quasi-certitude que je mourrai avant d'avoir eu le temps de me reposer.

Volontaire pour les travaux forcés à perpétuité, j'accueille avec ravissement les propositions qui fusent de toutes parts : d'abord une émission quotidienne d'une heure et demie sur RMC avec toute ma « bande », mais le jour de la signature du contrat, laborieusement négocié, l'ex-station du soleil est rachetée par le groupe NRJ avec lequel je suis également en pourparlers pour une quotidienne de deux heures et pour la présidence de *Rires et Chansons*. Ce dernier projet échouera sur des questions financières. Finalement mes pas me porteront vers la rue François-Ier, du côté d'Europe 1 qui, le soir même de l'annonce de mon départ de la rue Bayard, m'avait invité à venir faire une chronique matinale. A cette intervention journalistique programmée à 7 h 25 (moment où RTL lance traditionnellement la bande-annonce des *Grosses Têtes* de l'après-midi) s'ajoute bientôt une participation à l'émission de Laurent Ruquier qui, à 16 h 30, se mesure en choc frontal avec ce qui fut longtemps ma « tranche ». La boucle est bouclée qui en décoiffera plus d'un.

De tous côtés, on me demande mon avis, voire mon jugement, sur les « nouvelles *Grosses Têtes* » de RTL. J'élude. On m'a arraché le livre. J'ai tourné la page. La suite de l'histoire ne m'intéresse pas. Il n'empêche que cet incident, dont je me serais bien passé, m'a sorti de la routine. A ce dernier carrefour je n'avais plus le choix qu'entre disparaître ou renaître. Je me suis rallié à la deuxième solution avec la volonté de transformer le troisième âge en troisième carrière. Et avec les angoisses des débutants. Persuadé de plus en plus qu'on m'attend au tournant, je me cramponne au volant sur la nouvelle ligne droite et vis chaque nouvelle aventure professionnelle comme si en dépendait un parcours déjà long d'un demi-siècle. Il s'ensuit des bouffées d'humilité assez rares après une forte médiatisation sans doute moins due à la sympathie des confrères qu'à leur agacement à l'égard d'une station sûre d'elle et dominatrice depuis deux décennies.

Je pense aujourd'hui et je penserai jusqu'à la fin que rien n'est dû, que tout se mérite ou se paie, que la chance n'est rien sans la disponibilité permettant de l'accueillir et sans le courage, qu'un don naturel ne dispense nullement du don de soi, que seule une honnêteté rigoureuse permet d'embobiner deux fois les mêmes gens, que, bien que nous vivions au sein d'une société de jalousie et de malveillance, la vie est passionnante et que l'acharnement qu'on peut mettre à continuer à se rendre utile est toujours moins pathétique que le désespoir éprouvé à la pensée de ne plus l'être.

A Europe 1, où l'on m'a accueilli fort aimablement, je dispose d'une tribune enviable où je peux m'exprimer très librement, d'un confortable salaire et d'une campagne de promotion qui me fait apparaître au coin de toutes les rues, vêtu d'une petite robe qui contient tant bien que mal l'opulente poitrine que les publicitaires m'ont offerte sans préciser autrement les raisons de ce cadeau anatomique que par l'assurance que « l'idée est drôle et qu'elle fera parler ». Jérôme Bellay, le patron de la station dont on m'avait fait un portrait redoutable, se révèle à l'usage comme quelqu'un de très humain et de très gentil. Chez Ruquier, où je sévis également deux fois par semaine l'après-midi et désormais face à Dechavanne, l'ambiance est parfois moins sympathique. Ruquier, dont le talent est si vif qu'il ne demande à ses invités que de s'esclaffer à ses bons mots, a trois faiblesses : d'abord il passe difficilement la parole à ceux qu'il réunit dans son studio ; ensuite il confond volontiers espace de divertissement et tribune idéologique ; enfin il est authentiquement méchant et pas seulement parce qu'on le paye pour l'être. A sa suite, je pénètre tant bien que mal dans un univers homo-gaucho-sportif où il est de bon ton de se gargariser chaque jour pendant un bon quart d'heure des résultats des matches de foot de la veille. Il fait des efforts pour se montrer aimable avec le vieux confrère dont le départ de la station concurrente arrange bien ses affaires. De mon côté, je m'évertue à jouer le jeu de l'invité. Mais le courant ne passe pas souvent. En particulier les jours où je me retrouve à la même table que Gérard Miller dont le sectarisme sinistre me donne des boutons. En revanche, je renoue non sans plaisir avec Claude Sarraute et Isabelle Alonso, longtemps mes complices aux *Grosses Têtes*, et avec Jean Yanne, mon vieux compagnon, auquel Ruquier s'empresse de faire signer un contrat qui tombera rapidement en quenouille. Le billet matinal me donne beaucoup de travail. Il dure deux minutes et demie, se situe au beau milieu de la grand-messe de l'info, s'adresse à des auditeurs de haute volée et exige non seulement un sujet de société choisi en fonction d'une actualité brûlante, une verve châtiée mais aussi des qualités d'interprète d'un texte lu. Autant de nouveaux défis qui m'inspirent angoisse et enthousiasme. Le courrier est laudateur. De nombreux correspondants sollicitent l'envoi de la chronique. Bellay n'a pas l'air mécontent, ce qui est, paraît-il, chez lui l'indice de la satisfaction.

Pendant ce temps-là, RTL s'enfonce. Le premier sondage du 15 novembre est catastrophique. On commence à publier ici et là une « douloureuse » des auditeurs perdus. Elle se montera à deux millions de paires d'oreilles en quatre mois ! Un record qui fait descendre RTL de son piédestal et gomme presque complètement le différentiel avec les autres grandes stations. Toutes les tranches de l'antenne se retrouvent saccagées par les réformes qu'ont décidées les apprentis sorciers. Me croira-t-on si j'avoue que cet effondrement ne me passionne guère ? Ma collaboration présente à Europe 1 est devenue beaucoup plus importante que ma collaboration passée à RTL. Certes, j'ai parfois la nostalgie d'une entreprise où j'ai été si longtemps heureux et d'une responsabilité de quatre-vingt-dix minutes quotidiennes d'antenne, mais je me console en songeant que la ligne directe installée chez moi me permet d'enregistrer à ma convenance, c'est-à-dire à toute heure du jour et de la nuit, la chronique matinale à laquelle j'apporte tous mes soins et que le statut, l'après-midi, d'invité-qui-n'a-qu'à-se-mettre-les-pieds-sous-la-table est beaucoup plus reposant puisqu'il n'implique que la responsabilité des propos qu'on tient soi-même. Six mois s'écoulent ainsi durant lesquels, pour que la plaie se cicatrise et que le travail de deuil s'accomplisse, je n'emprunterai plus la rue Bayard et n'écouterai jamais plus

RTL, partageant mes assiduités d'auditeur entre Europe 1 et France-Info. Rue François-I$^{er}$, tout le monde est très gentil avec moi. Bien que je sois un « élément rapporté », on ne met pas ma qualification journalistique en doute et les vedettes de la station me font plutôt bonne figure. Le courrier continue à arriver. Chaque semaine, des dizaines de braves gens me confient que *Les Grosses Têtes* leur manquent cruellement et qu'ils ont rompu avec la station qui s'est si mal comportée avec eux et avec moi. Au début, je buvais du petit-lait. Mais la répétitivité — fût-elle gratifiante — du propos le banalise. La grande colère populaire sombre dans la routine. Je réponds à toutes les missives en conseillant à mes correspondants de se reporter sur la longueur d'onde où je sévis désormais. Et en jurant à ceux qui m'interrogent sur un éventuel retour rue Bayard qu'il n'en sera jamais question. En fait, le bruit de mon « transfert » commencera à courir bien avant que j'aie fait le premier pas.

Car, sans que je m'en avise, le processus est entamé. Mon lourdeur vient d'être, à son tour, lourdé. La rapidité de la réaction des actionnaires d'un média considéré comme lent, stable, où l'on met plusieurs trimestres à reconnaître ses erreurs et à rectifier le tir, me surprend. Je me refuse à toute réaction triomphaliste. Le Poutine de la rue Bayard a été sévèrement sanctionné. Il se retrouve au chômage alors que je poursuis ma petite industrie rue François-I$^{er}$. Seule l'avenue Montaigne sépare les deux épicentres de mon chemin personnel mais elle constitue à mes yeux un no man's land aussi infranchissable que le Mur de Berlin jusqu'à une certaine époque. Europe 1 récupère une partie des points perdus par RTL. Je participe à une sauterie où la flûte de champagne s'allie aux trompettes de la renommée pour un récital d'autosatisfaction.

Un nouveau directeur général, venu de M6, est nommé à la tête de RTL. Il est le fils du fondateur du Golf Drouot, plate-forme pour les nouveaux talents, que j'ai fréquenté dans ma jeunesse et qui m'a donné, aux alentours de la cinquantaine, l'envie de mettre le pied à l'étrier à des comédiens débutants. En janvier 2001, Robin Leproux prend rapidement les choses en main. Quelques heures après son arrivée aux manettes, Jean-Charles de Keyser, ex-collaborateur de mon journal de 13 heures dans les années 75, devenu un ami très cher et promu depuis peu patron de toutes les stations européennes de RTL Group, m'appelle pour me faire part de l'intention du nouveau boss de me rencontrer. Depuis quelques semaines, Albert Frère, l'actionnaire principal, me suggère de rentrer au bercail. Je lui réponds invariablement que l'on verra en septembre 2001 et que, pour l'heure, un contrat fort satisfaisant me lie à Europe 1. Dans mon for intérieur, j'envisage d'autant moins un retour que *Les Grosses Têtes* viennent d'être supprimées et que RTL cherche un concept de remplacement et un nouvel animateur. Erreur. Grave erreur de ma part. *Les Grosses Têtes* vont continuer. C'est la première décision de Robin Leproux et, dixit Jean-Charles de Keyser, il tient à m'en faire part lui-même, par courtoisie puisque renaissance et prolongation emprunteront pendant six mois la forme d'une rediffusion quotidienne de mes anciennes émissions. Tout se précipite. Un mardi vers vingt heures, Jean-Charles téléphone : Robin et lui peuvent être chez moi quelques instants plus tard. Suis-je d'accord pour les accueillir ? J'hésite quelques secondes : j'ai convié, ce soir-là, une dizaine d'amis dont certains, bien introduits dans les médias, ne garantissent pas précisément la confidentialité liée à ce genre d'entrevue. Je m'en sors en écourtant un peu le dîner et en hâtant la partie de cartes qui suit et qui — exceptionnellement — commencera sans moi. Ainsi, tandis que les joueurs en décousent dans un salon du sous-sol, je reçois en toute quiétude mes visiteurs dans mon bureau-bibliothèque du premier étage. Jean-Charles fait les présentations. Robin m'annonce les rediffusions auxquelles je ne saurais m'opposer puisque mon dernier contrat avec RTL les prévoit sans aucune limitation de durée. Puis il ajoute que, si le cœur m'en dit, je peux retrouver rapidement ma place sur l'antenne. Je fais valoir que je ne suis qu'à mi-contrat avec Jérôme Bellay et que j'ai besoin de le mettre au courant. Le lendemain, Bellay sursaute à l'annonce des rediffusions. Il estime que je ne saurais, sans un ridicule susceptible d'éclabousser Europe 1, me manifester à la même heure sur deux stations aussi concurrentes. Il me conseille donc, selon sa jolie formule, de « quitter ma nouvelle maîtresse et de retourner chez ma femme ». En quelques heures, un accord amiable

— et fort chevaleresque — est conclu. Dans dix jours, je retraverserai l'avenue Montaigne, me bornant au début à « chapeauter » la sélection des meilleurs moments avant de renouer quotidiennement, quatre semaines plus tard, avec mes chères *Grosses Têtes.* Naïvement Leproux, Bellay et moi décidons un embargo jusqu'à la veille de ma réintégration. Vœu pieux dont s'embarrassent peu les grands prêtres de l'info. Remanchettes. Relitanie des interviews à l'occasion desquelles j'avoue la vérité. A savoir que je suis aussi éberlué par mon retour que j'avais été surpris par mon départ. Pendant quatre semaines, avec mon équipe retrouvée, je fourbis la « formule de rentrée » qui mélange quelques nouvelles recrues aux pères fondateurs et s'enrichit de plusieurs rubriques. Dans son bureau, Robin Leproux orchestre la partition. Ma première réapparition rue Bayard s'effectue hors antenne à l'occasion d'une rencontre avec une forte délégation d'auditeurs et un commando de confrères. Les principaux artisans de mon éviction — Olivier Mazerolle, le directeur de la rédaction qui partira un peu plus tard pour France 2, et Pierre Conte, président d'IP, la régie publicitaire de RTL qui avoue avoir beaucoup poussé à la roue — font le pèlerinage de la rue Saint-Ferdinand pour me dire qu'ils s'étaient trompés et qu'ils se réjouissent de voir tout rentrer dans l'ordre. Leur démarche me surprend et me gêne. Certes, elle ne va pas sans courage ni panache, mais je n'étais nullement demandeur. Je les relève donc comme le pape Grégoire VII à Canossa avant de leur donner le baiser de paix.

Après quoi les enregistrements reprennent sur les chapeaux de roues. Le stress du retour est évacué. Il n'y a plus place que pour la joie. Tous mes vieux complices sont à pied de micro, aussi ravis que moi. Les télévisions ronronnent. Nul besoin d'accompagner cette reprise par l'affichage habituel. Les retombées médiatiques sont considérables et n'épargnent aucun support. A la troisième semaine, j'en arrive à me demander si nous avons jamais arrêté la série. Les sondages remontent. Une relève s'opère à l'intérieur des placards de la station. Jamais *Les Grosses Têtes* ne m'ont donné à la fois autant de travail et plus de plaisir. Merci à Dieu qui, ayant créé toutes choses, est aussi l'inventeur de la radio.

# 3.

# *Douze catégories au choix*

Vieillir est une réussite. La preuve : tout le monde n'y parvient pas. L'état de vieillesse dépend pour moitié de la forme de celui qui atteint un « certain âge », pour moitié du regard que portent sur lui des contemporains qui n'ont pas atteint son âge. Certes, être jeune dans sa tête est important. Mais à quoi sert cette ascèse si l'on est vieux dans la tête des autres ? C'est dire la prédominance de la santé mentale — qui conditionne également une bonne part de la santé physique — dans le refus sinon du vieillissement, du moins des comportements de la vieillesse, la vraie, la redoutable, celle qui s'enivre de ses faiblesses, qui récuse les évolutions de la société, qui ne commence jamais une phrase sans dire « De mon temps... », qui ne parle que de ses maux et qui aspire au trépas.

La retraite sied à ceux qui l'ont souhaitée et préparée. A coups de hobbies et d'économies. En multipliant les placements et les centres d'intérêt. Pour la plupart de ceux qui mettent ainsi un terme à une activité professionnelle choisie par hasard et exercée par nécessité, la retraite constitue une délivrance et le début d'une nouvelle vie. Pour une fraction d'irréductibles ayant eu le privilège de pouvoir épanouir une vocation et d'exercer un métier-passion, c'est une euthanasie sociale. J'ai assisté plusieurs fois à ces hypocrites vins d'honneur au cours desquels on exécute le condamné anesthésié à l'aide de phrases creuses (« Vous nous manquez déjà... » ; « Personne ne vous oubliera... » ; « Vous serez toujours chez vous ici... ») avant de lui offrir la canne à pêche achetée grâce à la générosité du personnel, de lui donner une demi-heure pour vider les tiroirs de son bureau et de le raccompagner jusqu'au trottoir en lui indiquant le sens Paris-province. Ainsi renvoie-t-on chez eux, alors qu'ils se trouvent au zénith de leurs compétences, des hauts fonctionnaires, des dirigeants d'entreprise et des cadres performants seulement coupables d'entrer dans le champ de ce qu'il faut bien appeler la discrimination par l'état civil. Seule discrimination encouragée par la loi votée par des parlementaires qui s'en sont exclus, l'âge est désormais, chez nous, un péché impardonnable. On peut continuer à émarger dans une entreprise en n'étant d'aucune utilité voire en sciant la branche qui vous soutient, mais pas au-delà de soixante-quatre ans onze mois et trente jours.

Bénéficiant personnellement de quelques dérogations prolongatoires, je n'en pense pas moins à ceux qui se retrouvent dans les mêmes dispositions d'esprit que moi et qu'une société réputée humaine traîne jusqu'à la guillotine qui coupe aujourd'hui les vies comme naguère on coupait les corps. Autour de moi, je vois beaucoup de retraités. Selon leur tempérament, je les classe en douze catégories.

1. Les *épanouis* qui ont trouvé enfin dans la liberté de ne rien faire la joie de vivre que les contraintes des années de labeur leur avaient refusée. Ils voyagent énormément, visitent leurs parents en province, lisent, vont au cinéma et au théâtre. Si la retraite n'existait pas, il faudrait l'inventer, rien que pour eux.

2. Les *résignés* qui acceptent avec fatalisme de ne plus aller au bureau, au magasin ou à l'usine comme naguère ils acceptaient d'y aller.

3. Les *décalés* qui se consolent difficilement d'avoir dû troquer la compagnie des collègues contre celle d'un conjoint qu'ils ne voyaient pas depuis quarante ans avant l'heure du dîner et qui vérifient durement la justesse de la théorie selon laquelle chaque couple dispose au départ d'un capital d'amour, de tendresse puis de patience sur lequel il convient de ne pas trop tirer de chèques de peur que le compte ne se retrouve à découvert.

4. Les *occupés* qui, grâce à la vie associative, au jardinage et au bricolage, n'ont pas un instant de plus à eux qu'au temps où ils travaillaient.

5. Les *déboussolés* qui se réveillent chaque matin avec l'angoisse de n'avoir aucun rendez-vous, aucune obligation et qui se rendormiraient avec plaisir si le manque de fatigue ne les en empêchait point.

6. Les *désespérés* qui n'attendent rien d'une société qui n'attend plus rien d'eux et qui savent que, jusqu'au jour du grand départ, il ne se passera plus rien dans une existence devenue végétative.

7. Les *rageurs* qui mettent à profit les heures d'oisiveté pour vitupérer ceux qui les ont remplacés, déplorer les nouvelles mœurs et regretter le bon vieux temps.

8. Les *prisonniers*, corvéables à merci des générations montantes, que leurs enfants et petits-enfants transforment en personnel domestique.

9. Les *révélés* qui, sur le tard, se livrent pleinement à une passion longtemps contrariée : peinture, écriture, musique, théâtre. Ceux-là sont prêts à jurer sur la Bible que la vie commence à soixante-cinq ans.

10. Les *enchaînés* qui ne sont plus reliés au monde réel que par le petit écran et qui organisent leurs journées — voire leurs nuits — en fonction des programmes de la télévision.

11. Les *ludiques* qui vont des terrains de pétanque aux salles de machines à sous en passant par les cafés à belote. Pour eux, qui ont retrouvé le goût du jeu dans l'âge mûr et qui ont fait du hasard leur dieu, la vie ne vaut plus d'être vécue que si elle est jouée.

12. Les *mystiques* qui, sur le tard, se rapprochent de Dieu ou de l'idée qu'ils s'en font, entrent dans les églises ou dans les ordres, lorgnent du côté des sectes, découvrent (ou redécouvrent) les vertus cardinales et le célibat des prêtres. La méditation et la prière constituent leurs sports favoris. Assimilant la

religion à la psychosomatique, ils n'en finissent pas de préparer leur valise avant le dernier voyage.

A ces douzes catégories s'ajoutent et se superposent deux grands groupes : les collectifs et les individuels. Les collectifs s'occupent des autres, les individuels ne se préoccupent que d'eux-mêmes. Les collectifs satisfont leur égoïsme en pratiquant l'altruisme. Les individuels professent que tous ceux qui n'appartiennent pas à leur premier cercle peuvent crever la gueule ouverte. Les collectifs s'engagent dans la vie associative. Les individuels se regroupent dans la misanthropie. Les deux groupes font traverser la rue aux aveugles, mais le second privilégie les non-voyants qui n'ont pas envie de changer de trottoir. Les collectifs s'inscrivent à des universités, participent à des croisières, militent pour des causes, écrivent aux journaux, font des tournois de bridge, envoient leurs pièces jaunes à Bernadette Chirac et tiennent la liste des BA qui leur donneront des points pour aller au paradis. Les individuels disent du mal des gens à d'autres individuels. Ils sont revenus de tout, souvent sans y être allés, nostalgiques inconditionnels d'un passé qui les a vus en meilleure forme, irrités par les têtes nouvelles, les innovations et par tout ce qui, de près ou de loin, s'apparente au progrès. Ils se moquent des collectifs qui les plaignent.

Le violon d'Ingres (prononcez hobby) constitue la pierre angulaire de l'édifice dans lequel se réfugient les seniors. Le retraité peut en jouer — à son choix — avec ses mains, avec son esprit, parfois avec les deux. La collection exige plus d'obstination que de courage. Elle permet souvent de rassembler en quantité des objets ne présentant à l'état unique aucun intérêt : couvercles de boîtes de fromage ; pochettes d'allumettes publicitaires ; animaux en peluche ; coquillages vidés de leur occupant naturel ; vieilles photographies ; cartes postales ; emballages divers ; pots d'étain ; plaques de rue ; rongeurs naturalisés ou oiseaux empaillés. Les plus organisés focalisent sur un pays ou sur une époque. La plupart se donnent un mal fou pour entasser des vieilleries dont leurs héritiers feront un jour cadeau au premier chiffonnier venu. Mais le bricolage et le jardinage sont les deux mamelles de la fatigue dérivative. Le jardinage peut aussi bien s'épanouir sur un balcon urbain que dans un domaine rural. Dans les deux cas, il ambitionne de faire oublier à la nature qu'on n'est pas un professionnel du semis et de l'arrosoir. Le jardinier amateur est le grand responsable de l'épuisement des nappes phréatiques puisqu'il passe le plus clair de son temps à essayer de noyer les plantes arrachées à la sollicitude du grainetier.

Rien de plus constant que le regard attentif d'une jeunesse, qui cherche souvent sa place, porté sur des seniors qui s'accrochent à leur activité professionnelle. Une rencontre à Nice avec deux cents étudiants en journalisme me rappelle à l'ordre. Je m'attendais à la première question mais la dernière me surprend. « Quand prendrez-vous votre retraite ? » me demande d'emblée une mignonne blondinette.

Je réponds que je n'en ai nulle envie, que j'ai construit mon existence sur le travail, que j'aime comme au premier jour ce métier que nous avons elle et moi choisi, que le renoncement à mes activités signifierait mon arrêt de mort. Puis, pendant deux heures, je m'efforce de faire face avec tout le brio et l'agilité intellectuelle dont je dispose encore au feu roulant des interrogations. Les jeunes futurs confrères rigolent, applaudissent. Je crois avoir gagné la partie. Mais au moment où je m'apprête à partir, la blondinette remet la gomme : « Quand allez-vous prendre votre retraite ? »

Et si le fameux conflit des générations provenait essentiellement de la confrontation entre l'envie des uns de s'asseoir à la table et le désir des autres de ne pas la quitter ?

Il faudrait abattre, comme on le fait des bovins malades, ces professionnels incrustés dans leur profession dont les jaloux disent méchamment « Il a soixante-dix ans » faute de pouvoir dire : « Il a volé dans la caisse. » Ayant passé victorieusement les différents obstacles qui ont noms chômage de la cinquantaine, préretraite, limite d'âge, vin d'honneur et fin de prolongations, ils bénéficient des exceptions qui infirment la règle, l'usage et la loi, la jalousie et la malveillance, au prix d'efforts jamais relâchés et d'exercices quotidiens de moins en moins motivés par l'ambition de faire carrière ou par l'appât du gain.

Lorsqu'il occupe un poste de commandement, le dinosaure ne cache pas combien il peine à se trouver un successeur. À l'entendre ce n'est pourtant pas faute de se poster à la sortie des grandes écoles, d'analyser personnellement les CV soumis sans illusion par le directeur des ressources humaines, de recevoir le gratin des candidats et d'en engager quelques-uns à l'essai dont l'entreprise se débarrassera lorsqu'il sera patent que le numéro deux n'aspire qu'à devenir numéro un. Pour décourager ces intrus, dont il oublie très vite que c'est lui qui les a installés dans la place, le dinosaure use des moyens les plus déloyaux : refus d'accorder un bureau, où il pourrait convoquer ses subalternes, à l'impétrant sous prétexte de pénurie de locaux ; sabotage rapide de toute velléité d'autorité grâce à l'intervention des autres collaborateurs auxquels il susurre que le petit nouveau ne fera pas de vieux os. Le reste est à l'avenant : les notes de service de l'héritier, plus présomptueux que présomptif, sont bloquées à leur sortie de l'ordinateur ; on « oublie » de le convier aux réunions importantes ; on s'arrange pour qu'il apprenne par l'extérieur toutes les résolutions prises en interne. Quand le successeur virtuel oppose un front serein aux brimades et aux vexations, le dinosaure fait répandre par des journalistes à sa solde les rumeurs les plus négatives concernant ses compétences techniques, son dévouement au Groupe et son aptitude à diriger des équipes. Sa femme, qui n'a pas plu à l'épouse du dinosaure, et ses enfants, qui se prennent déjà pour des gosses de patron, sont également dans le collimateur. On lui reproche même de venir travailler avec un véhicule personnel jugé trop ancien ou trop neuf, trop gros ou trop petit, alors qu'on lui a refusé une voiture de fonction. Enfin, coup de pied de l'âne : la fidèle secrétaire, qui l'a accompagné, est suspectée de prestations plus intimes que l'ouverture du courrier. Quand l'intrus s'éloigne enfin, à la veille d'être accusé d'abus de biens sociaux pour avoir voulu faire payer le couvert de sa femme dans le restaurant à trois étoiles où il traitait, à la demande du PDG, un gros client étranger et son épouse, le dinosaure affiche durant une semaine les signes d'une cruelle déception qui ne trompe personne. Ce n'est pas encore ce blanc-bec qui reprendra les rênes. Le dinosaure a pourtant prouvé son esprit d'ouverture et sa bonne volonté. Ce n'est vraiment pas de son fait si, une fois de plus, la volière demeure privée d'oiseau rare. Le premier cercle susurre docilement qu'il fallait essayer mais que le boss a sagement agi en écourtant l'essai. La preuve est donc faite que le moment n'est pas venu de passer la main. Le dinosaure doit sacrifier durant au moins un an cette retraite à laquelle il n'aspire point et cette vie de famille qu'il laisse dédaigneusement aux ratés qui rentrent chez eux tous les soirs pour suivre le journal télévisé. Prévenu d'urgence, le service du contentieux rédige l'avenant aux statuts, qui sera bientôt soumis aux administrateurs, et grâce à quoi l'âge limite du président, déjà passé de soixante-dix à soixante-quinze, est repoussé à quatre-vingts, en attendant mieux. Gros soupir du président à l'adresse du directeur général auquel ses soixante-cinq ans, pas très bien conservés, ôtent tout espoir de succession : « Je demeure à la barre. Tant que je pourrai. Et après moi le déluge… »

Le plus proche collaborateur du dinosaure, qui connaît par cœur son mode d'emploi, lance alors la prophétie sinistre dont il n'ignore pas à quel point elle va réjouir celui qui vient de se sacrifier sur l'autel de la continuité : « Monsieur le président, cette société mourra avec vous ! »

# 4.

# *Les dividendes de l'ancienneté*

L'ancienneté est à l'image du cholestérol : il y a la mauvaise qui se prononce vieillesse et la bonne qu'on nomme expérience. Dans les deux cas, il s'agit d'existence prolongée si l'on s'en tient aux normes démographiques du Moyen Age, mais pleine de promesses si l'on se réfère aux statistiques modernes. Certes, l'allongement de la vie crée beaucoup de problèmes supplémentaires. Lorsqu'on mourait à quarante ans, on avait rarement le temps de divorcer, de se fâcher avec ses meilleurs amis et de faire faillite. La pièce se jouait en trois petits actes et, lorsque le rideau tombait pour la dernière fois, les acteurs étaient encore jeunes. Aujourd'hui il faut compter cinq actes et parfois plus. D'où des péripéties multiples et des rebondissements souvent dramatiques. Mais le bon côté de l'ancienneté apparaît dès lors qu'on sait la faire reconnaître et fructifier puisque de la même façon que, jusqu'à l'âge de la retraite, l'avancement s'obtient plus ou moins automatiquement en fonction du nombre d'années passées à un poste ou dans une entreprise, au-delà de soixante-cinq ans il devient possible de toucher les dividendes de son passé.

La société française est, à cet égard, exemplaire qui, en privilégiant l'affichage des vertus sous le menton, permet à tout un chacun d'entendre de son vivant son éloge funèbre en recevant la Légion d'honneur, le Mérite national, le Mérite agricole, les Arts et Lettres, la médaille du Travail et j'en passe. Un système assez perfectionné pour que les plus chanceux aient droit, tous les cinq ans, à un coup de chapeau dès lors qu'ils ont été jugés dignes d'une nouvelle promotion. Ces honneurs, qu'il faut solliciter avant de se les voir accorder par les pouvoirs publics, aboutissent à la constitution d'une élite au sein de laquelle les nantis voisinent avec les courageux tandis que les intrigants sont aussi bien traités que les méritants. Cette particularité éminemment française, qui fait de certaines de nos personnalités civiles des dignitaires plus chamarrés que les maréchaux de l'ancienne Union soviétique, a des prolongements dans les gazettes qui publient périodiquement la liste des nommés et des promus assortie de leurs biographies avant de consacrer quelques semaines plus tard de pleines pages aux photographies et aux discours célébrant une remise. Dans les annuaires corporatifs, sur les cartes de visite, et naturellement sur tous les vêtements (même sur les manteaux où l'on ne devrait faire figurer aucun ruban puisqu'on les abandonne au vestiaire), les honneurs sont omniprésents. Ils concurrencent les titres nobiliaires hérités à la naissance ou les titres universitaires obtenus au sortir de l'adolescence et les titres professionnels glanés tout au long du cursus, sachant que pour les deuxième et troisième catégories la mémoire préfère retenir le dernier titre obtenu que le premier.

Les rubriques nécrologiques regorgent de braves gens qui, au seuil de l'éternité, font rappeler par leurs proches qu'ils ont quitté notre vallée de larmes avec la médaille des épidémies, la sous-direction honoraire de la Banque de France ou la past-présidence d'un Lion's Club. La vie associative — sur laquelle je reviendrai plus tard — fait statistiquement d'un Français sur quatre âgé de plus de cinquante ans un notable ayant droit à l'appellation de président, de vice-président ou de secrétaire général. Il faut distinguer à ce propos entre deux manières de percevoir les dividendes de l'ancienneté : si l'on dispose d'une décoration flatteuse et appréciée, on sera d'autant plus facilement choisi pour occuper un poste en vue. A l'inverse, si l'on occupe un poste en vue, les rubans, les rosettes et les canapés arriveront beaucoup plus sûrement. Cet aperçu du catalogue des honneurs disponibles en France explique la pérennité de vêtements par ailleurs boudés et proscrits par les jeunes générations et les soixante-huitards attardés. Qu'il s'agisse de décorations ou d'épitoges, de rubans ou de galons, tous les honneurs concédés s'appuient sur le mérite et s'accrochent sur le textile. Constante qui a fait dire à Peter Ustinov : « Jamais un homme décoré ne sera un nudiste sincère. »

Ne boudez donc pas votre plaisir si vous estimez que l'on doit récompenser vos actions d'éclat, votre longue carrière ou tout simplement votre bonne santé. L'exercice exige le volontariat puisque c'est à celui qui estime être digne d'une récompense qu'il appartient de faire valoir ses droits, soit par une démarche personnelle, soit — c'est la meilleure méthode — en chargeant un notable de haut niveau, un membre du gouvernement, un parlementaire d'être son avocat auprès du ministre sur le contingent tri-annuel (1er janvier, Pâques et 14 juillet) duquel sera prélevée la décoration. L'attente s'étirera parfois surtout si l'on ne dispose pas d'un bon cuisinier chargé de régaler la classe politicienne, mais le jeu en vaut la chandelle qui aboutit à créer un citoyen sinon connu du moins reconnu.

Le jour où *Le Journal officiel* publiera vos nom et prénom suivis d'une mention volontairement vague (trésorier d'une association ou PDG d'une entreprise sans jamais aller plus loin dans la précision comme si cette dernière relevait de la publicité clandestine), accueillez d'un front serein et, si vous le pouvez, modeste les lettres et les cartes de félicitations ainsi que les roses rouges que l'usage conseille d'adresser à un nouveau dignitaire de la Légion d'honneur. N'oubliez jamais de relativiser vos vertus, qui viennent d'être récompensées par toutes les instances de l'Etat, en les comparant aux mérites infiniment plus remarquables des jeunes et vaillants généraux ayant commandé en chef devant l'ennemi et à l'intention desquels Napoléon Ier créa notre premier ordre national. Gardez-vous d'arborer immédiatement votre ruban ou votre rosette. Le règlement stipule que la remise officielle, qui prélude à l'exhibition publique, ne saurait intervenir avant un mois. Trouvez-vous d'abord un parrain : le chef de l'Etat est ce qui se fait de mieux mais il y a engorgement à son secrétariat. Un ancien Premier ministre fait très bien l'affaire et, à la rigueur, un copain décoré avant vous. Sachez que la règle voulant qu'on ne reçoive le ruban rouge que des mains de quelqu'un qui le détient peut être transgressée au bénéfice d'un membre du gouvernement en exercice et en vertu des pouvoirs qui lui sont conférés. Le centralisme bureaucratique fait également obligation d'aviser la Chancellerie du nom du parrain et de la date de la cérémonie. Si le parrain se charge d'acheter la croix d'apparat, que vous n'exhiberez que le jour de la remise si vous n'êtes pas militaire ou magistrat, l'emplette des insignes dits de ville vous appartient. Et leur choix peut être déterminant pour certains observateurs désireux d'estimer votre caractère. Car, chez un marchand spécialisé, vous devrez vous décider entre un ruban si fin qu'il est à peine visible et le ruban d'une largeur maximale telle qu'on ne l'affiche plus guère que sur la scène de la Comédie-Française les soirs où l'on représente certaines pièces d'Edouard Bourdet. Et ce qui est valable pour le ruban l'est aussi pour la rosette : minuscule point rouge à peine visible ou flaque sanglante attestant à trois mètres la qualité d'officier. Un conseil au passage : si vous estimez flatteur de faire croire que vous n'appartenez pas à la catégorie des fraîchement récompensés, procurez-vous auprès d'un notable ami la rosette ou le canapé racorni par un usage de plusieurs années. Si vous avez le souci de l'harmonie des couleurs, achetez des cravates dans les tonalités rouge ou bleue selon la nature de la distinction qui vient de vous échoir. Evitez d'afficher votre bonheur sur un pyjama ou sur une chemise de nuit comme certaines danseuses. Posez-vous la question de savoir si l'évolution du protocole autorise à porter une décoration quand on ne porte pas une cravate, et si vous souhaitez, de surcroît, avoir la réputation d'un grand modeste, faites coudre vos rubans et rosettes sous le revers de votre veston, quitte à vous déplacer le col relevé.

Les titres nobiliaires, qui font partie des honneurs, ne doivent pas être davantage négligés. D'autant qu'une République, déjà plus que centenaire, ne les voit pas d'un plus mauvais œil que les princes et les princesses de toutes nationalités livrés en pâture à des lecteurs de la « presse people » qui n'oublient jamais de célébrer l'anniversaire de la Révolution. Les maîtresses de maison le savent bien qui, pour composer une belle table, s'évertuent à rassembler autour d'elles un duc authentique (mais il en reste fort peu), un marquis descendant par définition d'une lignée créée sous l'Ancien Régime ou, à défaut, un représentant de la noblesse d'Empire. Le fin du fin consiste à s'assurer la présence d'un prétendant à un trône quelconque qui autorisera le maître d'hôtel à claironner au moment du dîner : « Monseigneur est servi ! » En l'absence d'héritiers de grandes familles, il est recommandé de faire appel à un prélat de haut rang. Certes, un prince de l'Eglise ne vaut pas, sur le plan historique, un prince du sang mais il appartient de droit — s'il a moins de soixante-quinze ans — au conclave chargé d'élire le Saint-Père et peut figurer, lui-même, sur la liste des papabili. Quel plaisir sera le vôtre si, au lendemain du jour où une fumée blanche s'est échappée du toit de la chapelle Sixtine, vous pouvez rappeler que, voilà quelques semaines, le nouveau chef de l'Eglise catholique a repris deux fois du chaud-froid de volaille chez vous.

Viennent ensuite les titres universitaires qui attestent la culture et, en principe, l'intelligence, et qui offrent l'avantage d'être cumulables avec d'autres titres. Parmi les peaux d'âne et bien que l'Ecole nationale d'administration fasse aujourd'hui beaucoup d'ombre à l'Ecole normale supérieure, l'agrégation de philosophie demeure la plus prisée qui mène, selon les cas, à une chronique dans un hebdomadaire féminin ou à l'Académie française après le passage obligé dans une classe de lycée où la brève fréquentation d'une vingtaine d'élèves de terminale permettra de dire pendant le demi-siècle d'activités littéraires et journalistiques qui suivra qu'on a eu un vrai contact avec la jeunesse. D'autres diplômes, moins glorieux, enrichissent une biographie du *Who's Who* ou une carte de visite : un doctorat en droit, une maîtrise de psychologie ou un DESS d'océanographie, voire une licence de chinois mandarin vous feront regarder d'un autre œil par vos contemporains que si vous excipez seulement d'un bac de coiffure ou d'un CAP de tourneur-fraiseur. Mais c'est sans doute dans les hiérarchies professionnelles que l'amateur d'honneurs à perpétuité peut trouver le plus de satisfactions. De la même façon qu'un politique qui a été ministre pendant trois jours a l'assurance d'être toute sa vie appelé « monsieur le ministre », un inspecteur divisionnaire, un administrateur civil ou un sous-chef de bureau conservent un titre sanctifié par l'honorariat jusqu'à leur dernier souffle. A ceci près que les officiers généraux, qui pourtant ne perdent jamais leur droit au vocatif et au port de l'uniforme, voient assombrir leur nécrologie par la mention « cadre de réserve ».

Le grand âge accompagné des signes de l'honorabilité a pour effet visible de susciter le respect. Même si le mot et la chose sont moins à la mode, la tradition perdure sinon d'offrir sa place aux vieux dans les transports en commun, du moins de remercier les vieux de céder leur place aux jeunes dans les entreprises. Et davantage encore lorsque la carrière du senior l'a porté aux plus hautes responsabilités de l'Etat, de l'armée, de l'administration ou de l'entreprise. La qualité d'académicien — français ou Goncourt — garantit également un excellent traitement au sein de la république des lettres.

Les contemporains qui obtiennent le respect se voient également accorder jusqu'au gâtisme le plus complet la possibiité de parler ou d'écrire à propos des sujets sur lesquels ils sont censés posséder une compétence. Il existe aujourd'hui à travers la France des milliers d'augures chenus qui, sous leur signature suivie du rappel de leurs anciennes fonctions, égrènent des avis dépassés sur des sujets brûlants. Lorsqu'elles paraissent dans la grande presse, ces chroniques apportent un précieux complément de ressources à des caciques pas toujours fortunés. Les observateurs de la civilisation de l'image noteront cependant qu'à partir de soixante-dix ans, il est plus facile d'obtenir une tribune dans la presse écrite que d'intervenir dans un débat télévisé où les plissements hercyniens du visage risquent de faire croire à un dérèglement du récepteur.

Le senior-qui-a-réussi-dans-la-vie peut aussi — si la mémoire qu'il conserve est à la hauteur des loisirs dont il dispose — coucher sur le papier ses souvenirs. A partir du moment où le manuscrit est terminé, trois hypothèses s'offrent : ou bien les feuillets patiemment maculés restent dans un tiroir ; ou bien ils intéressent un éditeur en quête de témoignage ; ou bien ils sont publiés à compte d'auteur par un margoulin qui présentera à l'infortuné mémorialiste une facture équivalant à dix fois les frais d'impression en l'assurant en contrepartie de l'envoi de son chef-d'œuvre à deux cents journalistes qui ne le feuilletteront jamais et à la libraire la plus proche de son domicile qui n'ouvrira pas toujours le paquet. Avec, moyennant un supplément, un contingent de bouquins à dédicacer aux amis et la volupté d'entendre sur certaines stations de radio, entre vingt-trois heures trente et deux heures du matin, des messages aussi incitatifs à l'acte d'achat que : « Jean-Roger Laborde a cultivé les bégonias pendant trente-cinq ans avec un enthousiasme qu'il s'évertue à faire partager au lecteur » ou : « Retraité des Postes, Gontran Adalbert évoque, dans *Mes bas de pantalon*, le tri du courrier au petit matin et la distribution des lettres rendue périlleuse par l'agressivité des molosses. »

Le nombre de scripteurs amateurs est infiniment plus élevé qu'on ne l'imagine. D'abord il faut prendre en compte le million de diaristes qui préfèrent investir dans l'emplette de cahiers d'écolier inséparables de la tenue d'un journal intime plutôt que d'aller porter leurs économies à un psychanalyste ou à une secte. Ces manuscrits qui, en cas de faits divers sanglants ou crapuleux, éclairent la lanterne des enquêteurs ont à cœur de ne celer aucun détail de la vie quotidienne : émotion fugitive éprouvée dans un sous-bois ; comptes du marché de la semaine ; discussion avec un voisin ; conflit de famille ; pluies d'orages ; saccage des récoltes, rien n'y manque. Le malheur mais aussi la tranquillité de ceux qui les rédigent tiennent au manque total d'intérêt pour les lecteurs qui ne sont pas des proches. Phénomène identique en ce qui concerne les innombrables récits de voyages ou de carrières. Rien de plus attendrissant au demeurant que ces explorateurs qui croient avoir découvert Istanbul ou San Francisco ou que ces artisans chevronnés qui consacrent trois cents pages à narrer par le menu la volupté de fabriquer une pantoufle ou la fierté de vendre des yaourts. Or, si le métier fait l'homme, il fait rarement l'homme de lettres. N'écrit pas qui veut mais qui peut. La littérature ou assimilée est une vraie profession, distincte des autres. Le plaisir communicatif qu'on ressent de faire courir le stylo quand on est doué n'a d'égal que la douleur contagieuse qu'on éprouve quand on ne l'est pas.

L'exercice de la publication tardive ménage parfois des surprises. Ainsi le général Aussaresses a-t-il connu la célébrité et quelques ennuis pour avoir fait, avec un demi-siècle de retard, le récit complaisant de son passé de tortionnaire galonné. D'autres seniors, longtemps paralysés par le devoir de réserve, jettent un matin dans les supermarchés les révélations jusque-là refusées à la presse. Des hommes politiques de très haut niveau expliquent leurs choix, jugent leurs successeurs et — surtout — proposent pour régler les plus angoissants problèmes de société des solutions miraculeuses dont on s'étonne qu'elles n'aient pas effleuré leur esprit durant les décennies qu'ils ont passées au pouvoir. Les droits d'auteur ainsi obtenus s'ajoutent à des retraites souvent maigrelettes lorsque les bénéficiaires n'ont pas joué dans le monde politique ni dans celui des affaires un rôle éminent susceptible de leur garantir de substantiels jetons de présence jusqu'à quatre-vingts ans et plus. Car rien n'est plus apprécié dans les conseils d'administration que le vieux notable. Le vieux notable, particulièrement d'origine préfectorale, est recherché tantôt parce qu'au cours de sa longue carrière il a tout vu, tout connu et tout compris, tantôt parce que les méfaits de l'âge garantissent qu'il ne sera pas capable de lire les documents soumis à son paraphe et d'entendre les indiscrétions qui fusent autour de lui. Certains retraités de très haut niveau (ancien chef d'Etat, ancien Premier ministre, ancien ministre de l'Intérieur ou de la Défense, ex-PDG d'entreprise nationale) conservent à vie les avantages en nature constitués par la mise à disposition d'un chauffeur, d'un officier de sécurité, d'une voiture, d'un appartement, d'un bureau, d'un secrétariat et d'une carte autorisant l'admission gratuite dans les transports aériens et ferroviaires. Certaines veuves des précités bénéficient d'une protection spéciale encore dix ans après la disparition de leur illustre conjoint. La progéniture, elle, est moins gâtée, qui doit se contenter de collaborations mineures ou d'ennuis judiciaires.

La vie associative tient un rôle primordial dans ces carrières du troisième et du quatrième âge. Souvent animés d'un altruisme sincère et touchés par la grâce du bénévolat, les dirigeants associatifs collectionnent de nouveaux titres et continuent à exercer un magistère sur la société contemporaine. Nombre d'entre eux n'accèdent aux décorations qu'en raison de ces activités financièrement désintéressées. D'autres — hélas ! — puisent largement dans les caisses des mouvements dont ils sont responsables, faisant financer par l'argent destiné aux malades et aux pauvres l'achat de leur villa et l'entretien de leur piscine. Heureusement, depuis que certains scandales ont défrayé la chronique, la justice, la police, les cours des comptes, les journalistes d'investigation et les délateurs de qualité se liguent pour éviter le retour à d'aussi coupables pratiques.

Les dividendes de l'ancienneté sont donc loin d'être négligeables. Certes, ils satisfont plus souvent l'ego qu'ils ne remplissent le porte-monnaie, mais ils permettent de continuer à exister et à se rendre utile à une époque où les jeunes actifs ont rarement la possibilité de mener de front une carrière ambitieuse et des actions humanitaires. Vue et exploitée de cette façon, la vieillesse ne constitue plus une tare mais un véritable état privilégié qui fait entrer les seniors dans le saint des saints réservé aux Sages.

5.

# *Aux grands hommes (difficilement) disparus*

On aurait tort de considérer que la longévité est un phénomène moderne et que les privilégiés ayant accédé au troisième et au quatrième âge ont perdu leurs facultés intellectuelles et reproductives. Certes, il y avait moins de chances qu'aujourd'hui de vivre très longtemps sous le Bas-Empire ou au Moyen Age. Certes, même admirablement conservés, les seniors exercent peu d'activités physiques intenses si l'on exclut le golf et le tennis pratiqués au-delà de quatre-vingts ans par des mordus plus soucieux de peaufiner leur image que de battre des records. Mais la Bible, la légende et les manuels d'histoire abondent en exemples encourageants de vitalité prolongée.

A tout seigneur tout honneur : la plus grande figure dans ce domaine demeure, bien qu'aucun document d'état civil ne vienne étayer sa performance, l'inusable Mathusalem. La Genèse affirme qu'il vécut jusqu'à neuf cent soixante-neuf ans. Si son trépas n'eut pas tout le retentissement qu'il méritait, c'est qu'il se produisit le jour même où Noé levait l'ancre avant le début du Déluge. Dans l'Ancien Testament, Abraham occupe également une place de choix. Père d'Ismaël, le fils que lui avait donné Agar, il récidiva alors qu'il allait atteindre le siècle puisque sa seconde épouse, Sara, jusqu'alors stérile, accoucha d'Isaac à l'âge de quatre-vingt-dix ans ! Maternité tardive qui permet de relativiser celle obtenue, à soixante-deux ans seulement et récemment, par une Française qui était allée suivre aux Etats-Unis un traitement efficace mais très controversé.

Plusieurs grandes figures de la littérature attestent qu'un cursus d'écrivain peut être beaucoup plus long qu'une carrière à la SNCF. Fontenelle, philosophe et poète né à Rouen en 1657 et mort à Paris en 1757, est plus connu aujourd'hui pour avoir célébré son propre centenaire que pour ses *Lettres galantes*, sa *Digression sur les Anciens et les Modernes* ou ses *Dialogues des morts* qu'il composa en s'inspirant de Lucien. On retiendra qu'il entra à l'Académie française dès l'âge de trente-quatre ans et qu'il occupa également un fauteuil à l'Académie des sciences. Voltaire fait également figure de patriarche des lettres. Il avouait déjà soixante-dix ans lorsqu'il publia son fameux *Traité sur la tolérance* et soixante-quinze ans au moment de la parution du *Dictionnaire philosophique*. Victor Hugo ne s'accorda aucun répit jusqu'à sa disparition en 1885 à l'âge de quatre-vingt-trois ans. A quatre-vingts ans, il publie encore *Les Quatre Vents de l'esprit* et de grands poèmes comme *La fin de Satan* et *Dieu* qui parurent après sa mort. Lorsque, le soir venu, il pose sa plume, c'est pour aller courir le guilledou auprès des jeunes domestiques employées par les grands bourgeois de la place des Vosges. Sur ses carnets intimes du quatrième âge apparaissent des prénoms féminins assortis de quelques symboles concernant l'efficacité érotique de la demoiselle et le prix payé pour ses faveurs.

Plus près de nous, des personnages hauts en couleur conservèrent jusqu'à leur fin une prodigieuse activité. D'abord Charles Spencer (dit Charlie Chaplin) qui continua à faire bien au-delà de quatre-vingts ans des films et des enfants. Viennent ensuite de grandes figures des affaires ou de la communication que j'ai eu le privilège d'approcher. Et en premier lieu Marcel Dassault, génie de l'aéronautique qui, après avoir réchappé des camps de la mort, édifia l'une des plus grosses fortunes de l'après-guerre. Déjà amoureux de la presse magazine (où à sa fonction d'investisseur il ajoutait voluptueusement celle de rédacteur en chef, voire de rédacteur tout court), il s'entiche sur le tard du septième art et produit — entre autres — *La Boum* avec Sophie Marceau avant de faire réaliser des scénarios auxquels il avait apporté ce bon sens qui, à l'entendre et à le lire, constituait l'un de ses fonds de commerce. J'ai connu davantage Jean Prouvost dont le parcours personnel n'était pas sans rappeler celui de Marcel Dassault. Jean Prouvost avait créé dans le Nord un empire textile qui lui avait procuré notoriété et prospérité. Il aurait pu terminer sa vie en prenant peu à peu ses distances avec La Lainière.

Un véritable coup de foudre devait en décider autrement. A quarante-cinq ans révolus, Jean Prouvost se mit à éprouver une folle passion pour la presse écrite. Et ce multimillionnaire, qui n'était jusque-là qu'un lecteur assidu, se mit à inventer des journaux dont la plupart lui survécurent. Ce fut d'abord *Paris-Soir* où Prouvost engagea très tôt Pierre Lazareff. Ce quotidien réussit le prodige de vendre deux millions d'exemplaires dans un pays de trente-cinq millions d'habitants (un chiffre à rapprocher des cinq cent mille lecteurs dont s'enorgueillissent aujourd'hui les principaux quotidiens alors que la population française vient d'atteindre soixante millions d'individus). Il ne s'arrêta pas en si bon chemin. Il conçut et lança également *Marie-Claire* qui fut pendant vingt ans le principal titre de la presse féminine, *Paris-Match* qui tient toujours le haut du pavé des magazines en couleurs et *Télé 7 Jours*, référence absolue des magazines consacrés à la télévision et longtemps champion des ventes de la presse française jusqu'à ce que Robert Hersant imagine son *TV Magazine* qui, proposé aux lecteurs de son groupe mais aussi, comme supplément, à une dizaine de quotidiens régionaux, allait dépasser cinq millions d'exemplaires. Jean Prouvost a déjà fêté ses quatre-vingts ans lorsqu'il ressent un ultime coup de cœur pour la radio. Lorsqu'il en devient l'administrateur délégué, Radio Luxembourg est une station vieillissante, encore imprégnée par les programmes et les talents de l'avant-guerre. Jean Prouvost débauche alors Jean Farran, l'une des meilleures plumes politiques de son *Paris-*

*Match*, et qui ne connaît pas plus que lui la radio, pour en faire le patron inspiré de RTL. Entre-temps, il a racheté *Le Figaro*, où il a été accueilli fraîchement, avant de le revendre à Robert Hersant.

J'ai eu le privilège de travailler pendant plusieurs années avec Jean Prouvost. C'était un autocrate charmant, très proche de ses journalistes, dont il ne consentait pas à se séparer durant les week-ends pour peu qu'ils acceptassent de tricher aux cartes en le laissant gagner au gin. A ses côtés, j'ai appris beaucoup de choses. Et en premier lieu que la marque éclatante du génie est de ne pas être compris sur le moment par les gens qui n'ont que du talent. Lorsque je ressortais de son bureau après une conversation durant laquelle il avait remué idées et projets, je savais qu'il me faudrait au moins vingt-quatre heures pour délabyrinther sa pensée. Prouvost m'a enseigné également qu'on pouvait être à l'unisson du peuple sans vivre pour autant comme lui à condition de bénéficier de relais valables avec l'opinion publique. Son relais préféré et unique n'était autre que son chauffeur. Durant chaque course en ville ou à chaque voyage en province, Prouvost profitait d'une intimité forcée et prolongée pour faire parler le conducteur de sa grosse limousine noire. Tous les sujets y passaient : la politique, les impôts, la délinquance, la télévision et surtout les réactions simples mais tranchées d'un homme de la rue lorsqu'il feuilletait les magazines inventés par celui qui se faisait appeler « Patron » par tous ses collaborateurs. Si le chauffeur s'était senti écrasé par le poids des mots ou s'il avait été agressé par le choc d'une photo, Jean Prouvost téléphonait immédiatement au directeur de la rédaction concernée en s'attribuant les états d'âme de son conseiller secret. Le brave chauffeur, dont la collaboration s'exerçait donc très au-delà de la conduite automobile, se désespérait de n'avoir pas vu s'améliorer sa situation matérielle depuis de longues années. Un jour, prenant son courage comme il tenait son volant, c'est-à-dire à deux mains, il s'ouvrit à Jean Prouvost de son insatisfaction. Le dialogue qui s'ensuivit n'est pas près de s'effacer des mémoires de la camarilla qui entourait Jean Prouvost :

— Patron, je n'y arrive plus, il faudrait que vous me donniez une petite augmentation.

— Marcel, soyez raisonnable. Il y a en ce bas monde tellement de gens plus malheureux que nous...

Je voudrais dire enfin un mot de deux personnages hors normes et de tempérament très différent : Arthur Rubinstein et Marcel Bleustein-Blanchet. Arthur Rubinstein était en quelque sorte le Chaplin du piano et — incontestablement — la plus grande vedette musicale de son époque. Ne détestant pas les mondanités, fumant d'énormes cigares, il menait grand train dans son hôtel particulier proche de l'avenue Foch et donnait des interviews fracassantes à la télévision naissante. Jusqu'au bout, il multiplia les concerts sans que les critiques, qui l'attendaient au tournant, pussent déceler un affaiblissement de son talent. Il y avait chez ce virtuose, outre le génie pianistique, une boulimie épicurienne et un appétit de vivre qu'il conserva jusqu'à la fin. Pablo Casals, le Rubinstein du violoncelle, ne le lui cédait en rien, qui convola à quatre-vingt-dix ans.

Marcel Bleustein-Blanchet était de la même trempe bien que son art fût la publicité. Très jeune, il avait inventé la « réclame » qui, depuis, envahissait les radios, les quotidiens et les magazines. Pour ses clients de plus en plus prestigieux, il ciselait lui-même des slogans comme celui destiné à un grand pétrolier : « C'est Shell que j'aime. » Ou bien il faisait appel à des talents consacrés : Armand Salacrou, ancien pharmacien devenu dramaturge, inventa « Marie-Rose, la mort parfumée des poux » et Sacha Guitry, prié de chanter les mérites d'un petit déjeuner chocolaté, imagina « LSK c'est exquis ». Pionnier de l'aviation civile, résistant de la première heure, visionnaire des médias, Marcel Bleustein-Blanchet exerçait, à des heures qui n'étaient point perdues, la fonction de conseiller occulte auprès de personnalités éminentes. De Gaulle recherchait ses avis de la même façon que tous les grands chefs d'entreprise, clients de Publicis — l'agence qu'il avait fondée —, le sollicitaient avant une décision importante. Durant quarante ans, j'ai côtoyé et admiré le grand Marcel. Son charme naturel, son intelligence à la fois très vive et très simple, ses études limitées à ce qu'il appelait plaisamment HEC — les hautes études communales — et qui ne lui avaient valu en fin de parcours qu'un certificat d'études dont il se montrait presque aussi fier que de sa plaque de grand officier de la Légion d'honneur, son influence sur tous les secteurs d'activité me bluffaient énormément. Je lui dois sans doute ma petite carrière de journaliste. Alors que je sévissais depuis deux ans à peine dans les colonnes du *Figaro*, il était allé dire à Pierre Brisson, le tout-puissant directeur de ce quotidien qu'il conseillait aussi, qu'il y avait dans sa rédaction un jeune journaliste auquel il devrait confier des responsabilités importantes. Par la suite, j'ai souvent revu Marcel Bleustein-Blanchet et notamment, jusqu'à sa fin, à la faveur d'un déjeuner en tête à tête qui nous réunissait chez lui presque tous les mois. J'émergeais de ces repas nourri de confidences et traversé d'éclairs, redynamisé pour plusieurs semaines. De la même façon qu'après un déjeuner avec Pierre Lazareff — autre rite auquel je tenais beaucoup — je me sentais prêt à toutes les performances. Le souvenir le plus émouvant que je garde de Marcel Bleustein-Blanchet se situe dans les années 80. Alors qu'un soir je commençais à descendre les Champs-Elysées, j'aperçus une fumée suspecte qui s'échappait du dôme de l'immeuble de Publicis. Je m'arrêtai. Je descendis de voiture et j'allai m'enquérir de ce qui se passait. Devant la porte, je rencontrai le cher Marcel. Alerté par le concierge de nuit de son groupe, il venait tout juste d'arriver. Ensemble nous attendîmes les pompiers durant de longues minutes. Au-dessus de nous, l'incendie faisait rage et embrasait peu à peu tous les niveaux du bâtiment. Après quelques minutes de combustion interne, intense, des flammes s'échappèrent d'une grande baie située au dernier étage qui s'effondra : « C'était mon bureau », dit simplement Marcel. Deux heures plus tard, il ne restait rien de ce qui avait été le quartier général d'une des plus grandes agences mondiales de publicité. Le lendemain matin, je téléphonai à Marcel Bleustein-Blanchet pour prendre de ses nouvelles. Elles étaient bonnes. Dans la nuit, il avait mobilisé ses collaborateurs, réussi à louer dans le voisinage des locaux inoccupés et, à neuf heures, comme d'habitude, l'agence ouvrait ses portes tandis que, sur quelques lignes téléphoniques de fortune, les dirigeants s'évertuaient à rassurer les clients. Quelques jours plus tard, des architectes établirent les plans d'un nouvel immeuble que Marcel Bleustein-Blanchet avait déjà décidé de reconstruire à la place de l'ancien. Par la suite, Publicis devait augmenter très sensiblement son chiffre d'affaires et le nombre de ses pratiques. Mais Marcel avait eu chaud, très chaud.

Charlie Chaplin, Marcel Dassault, Arthur Rubinstein, Marcel Bleustein-Blanchet : je m'avise que ces seniors, incapables de renoncer à leurs passions et auxquels on ne pouvait pas causer de plus grand plaisir qu'en leur prédisant qu'ils ne seraient jamais remplacés et qu'après eux leur entreprise disparaîtrait (ce qui, heureusement, ne se vérifia pas plus chez Dassault qu'à Publicis), présentaient un commun dénominateur : une origine sémite qui leur avait fait affronter très tôt la haine raciale, la cruauté des pogroms, l'ignominie de la Solution finale, auxquelles leur combativité native s'était victorieusement opposée et qui étaient parvenus au premier rang de leur époque en aimant, en travaillant et en ayant plus d'idées que les autres.

Ces figures exemplaires présentaient d'autres points communs : la vocation (à laquelle Marcel Bleustein-Blanchet devait consacrer une fondation chargée, à l'aide de parrainages illustres et d'allocations en espèces, d'encourager les meilleurs de ceux qui, contrairement à 95 % des Français, avaient manifesté une attirance irrésistible pour un métier ou pour une discipline) ; la proximité avec les nouveaux courants de pensée et les nouvelles mœurs ; un intérêt passionné pour la jeunesse qui n'avait rien à voir avec l'appréhension de rater le train de la dernière mode manifestée aujourd'hui par les politiques de tous bords ; la faculté de continuer à plonger leurs mains dans le cambouis indépendamment du nombre de mécanos appointés ; un authentique goût de l'innovation ; des disciplines de vie — diététique, physique, mentale — conditionnant la sauvegarde du tonus et de l'efficience ; une capacité d'enthousiasme intacte grâce à laquelle ils ne furent jamais à l'abri d'un engouement, fût-il déraisonnable.

Sur la pérennité de l'activité intellectuelle, le témoignage de Rita Levi-Montalcini est l'un des plus stimulants qu'on ait jamais recueillis. A quatre-vingt-dix ans, cette titulaire du prix Nobel de médecine considère que la vieillesse constitue la plus belle période de sa vie. Et que toutes les personnes en voie de vieillissement peuvent accéder à une sérénité toujours productive si leur cerveau est en bonne condition. A l'entendre, il importe de faire travailler continuellement une matière grise qui ne s'use que lorsqu'on ne s'en sert plus. Et de citer, à l'appui de sa théorie, Picasso dont le génie perdura jusqu'à quatre-vingt-dix ans et Michel-Ange qui réalisa son plus grand chef-d'œuvre alors qu'il entrait dans sa huitième décennie.

On peut s'interroger en revanche sur l'exemple donné par l'activité professionnelle prolongée au-delà du raisonnable par l'admirable Jean-Paul II. Certes, en s'accrochant désespérément au trône papal, le 261e successeur de saint Pierre s'offre à la fois l'occasion d'affirmer la prééminence de l'esprit sur le corps et le luxe de mourir en scène. Mais le spectacle est surprenant pour les non-catholiques et affligeant pour les fidèles de la Sainte Eglise de voir apparaître publiquement le chef de la chrétienté vacillant, tremblant, souffrant mille morts pour déplacer un pied et ouvrir un œil, ânonnant ses allocutions, soutenu par ses proches et transporté de pays en pays comme une antique idole. Le courage de ce saint homme dont la foi religieuse et la conscience universelle dominent la maladie et qui poursuit ses voyages à travers le monde comme s'il souhaitait ajouter le martyre au pontificat donne également du grain à moudre aux athées qui sont en droit de penser que, si Dieu existe, il se montre bien cruel envers son principal ambassadeur.

# 6.

# *Pour Faust et usage de Faust*

C'est au prix d'une surveillance médicale régulière qu'on est assuré de mourir en bonne santé. Les progrès de la science, les avancées de la chirurgie et, surtout, les possibilités de plus en plus grandes offertes par les analyses et les examens de toutes sortes garantissent, sinon la longévité absolue, du moins qu'on puisse surmonter les petites maladies et qu'on soit informé de l'apparition des autres.

La bonne santé, qui se reconnaît, selon la belle formule de Paul Valéry, au « silence des organes », ne constitue, à l'évidence, qu'une trêve avant le pire. Il convient d'en profiter et de ne pas sombrer dans l'hypocondrie propre aux vieillards désœuvrés qui feuillettent tous les jours le *Larousse médical* et s'abonnent à *The Lancet*. Ceux-là, qui se font un devoir de se tenir au courant de la naissance de tout nouveau médicament et qui se repaissent d'opérations à cœur ouvert, auront rarement le temps de profiter personnellement des progrès dont ils se délectent. Toujours en retard d'une greffe, ils espéreront jusqu'à leur trépas pouvoir bénéficier d'une transplantation d'organes, voire d'un rafistolage de neurones qui leur garantiraient un sursis de cinq à dix ans. A la moindre petite douleur, voire à la plus légère angoisse, ils téléphonent à leur médecin traitant ou au spécialiste dont ils ont pris l'habitude de solliciter les auscultations. Certains souhaitent obtenir d'un docteur Tant-Mieux l'assurance — fût-elle un peu forcée — que tout va bien dans le meilleur des corps ; les autres exigent d'un docteur Tant-Pis qu'il justifie leur inquiétude par un diagnostic peu rassurant. Tous ont besoin d'être écoutés sinon compris. Certains ne voient pas approcher sans panique les vacances de leur praticien habituel. D'autres vont de cabinet en dispensaire et de clinique en hôpital afin de multiplier les avis. Très peu savent qu'à partir d'un certain âge, on est sinon son meilleur médecin du moins l'observateur le plus attentif des symptômes annonciateurs de ses dérèglements organiques. Il en est d'un corps qu'on habite depuis plusieurs décennies comme d'une voiture qu'on conduit depuis longtemps : la familiarité entretenue avec ses différents organes permet de prévenir la panne longtemps avant qu'elle ne se produise. D'où, chez les patients d'une certaine tranche d'âge, la propension à établir un autodiagnostic. Deux attitudes se dessinent alors : ou bien le malade autoproclamé attend de son médecin la confirmation de son intuition personnelle, ou bien, persuadé qu'il n'a pas besoin de médecin, il passe de l'autodiagnostic à l'automédication, fouillant les tréfonds de son armoire pharmaceutique afin d'en exhumer les spécialités souvent hors d'usage ou anachroniques qu'il estime, en se référant à un lointain passé, être les plus susceptibles de guérir des maux dont il a déjà souffert. D'autres font confiance à des remèdes ayant soulagé des amis ou prospectent les pharmacies, discutent avec les potards, se font expliquer l'alchimie toujours mystérieuse d'une substance inconnue introduite dans un corps connu et deviennent des proies faciles pour les fabricants de potions miraculeuses, les guérisseurs de campagne et tous les disciples du Docteur Faust qui, indépendamment des organigrammes du système hospitalier, ont aujourd'hui la haute main sur la gériatrie.

Le pape de la spécialité, dont le rayonnement a depuis longtemps dépassé nos frontières, se nomme Etienne-Emile Baulieu. Scientifique de très haut niveau, chercheur infatigable, grand communicant, membre de l'Académie de médecine, professeur au Collège de France, plusieurs fois nobélisable, il est depuis quelques années son premier cobaye. Qui l'a vu déplacer souplement ses trois quarts de siècle dans les colloques et les mondanités, conduire avec maestria sa petite voiture et séduire des jeunes femmes en leur expliquant que, sous ses tempes à peine argentées, coule un sang toujours vif, dispose de la panoplie complète offerte par la science et par la volonté à l'homme qui refuse obstinément les atteintes de l'âge. Tout couvert d'honneurs qu'il soit, le professeur Baulieu n'a pas mené une carrière facile. Qu'il s'agisse du RU486, de la pilule du lendemain ou de la pilule pour homme, il a toujours eu à se défendre contre les ligues bien-pensantes, les confrères jaloux, les politiciens conservateurs et les lobbies pharmaceutiques dont il n'avait pas accepté les propositions. L'action militante en faveur de l'usage de la DHEA, substance naturelle produite par les glandes surrénales qu'il n'a pas découverte mais qu'il a décrite, testée et mise à la mode, n'a pas constitué pour lui, tant s'en faut, une promenade de santé. Alors qu'aux Etats-Unis la DHEA était en vente libre, et même lorsque sa fabrication laissait à désirer, dans les officines les plus diverses, la France a beaucoup traîné les pieds avant d'autoriser, sous la pression croissante des usagers potentiels, sa commercialisation conditionnelle. Après quoi, des savants relayés par des ministres sont montés au créneau, à la fois pour dénoncer les dangers que pouvait faire courir aux consommateurs cette substance hormonale et l'absence de résultats que les premières séries d'expérimentations contraignaient d'inscrire à son débit. Aidé par le professeur Françoise Forette, le professeur Baulieu a organisé dans les services d'un hôpital parisien deux expérimentations longues d'une année chacune où, selon l'usage, des volontaires ont reçu, et sans être mis au courant de la voie choisie, pour moitié un traitement réel et pour l'autre moitié un traitement placebo. Je ne cache pas avoir proposé ma candidature. Mais après avoir subi quelques examens préalables, je me suis entendu répondre que mon état physiologique correspondant à celui d'un quinquagénaire et n'exigeant, pour l'heure, aucun protocole de ce type, je ne constituerais pas un cobaye significatif. Je n'en ai pas moins suivi avec intérêt la publication des bilans. Loyalement et sans dissimuler à ceux qui le connaissent bien un certain dépit, le professeur Baulieu s'est vu obligé d'avouer que sa poudre miraculeuse ne faisait rien aux hommes et améliorait tout juste un peu la souplesse de la peau et la libido des dames. Avec l'honnêteté qui le caractérise, il avait tout de suite annoncé la couleur : la DHEA n'apportait pas l'assurance d'une longévité accrue mais pouvait permettre de vieillir en évitant certains désagréments primordiaux de l'âge.

Dans cette affaire les autorités sanitaires ont joué pleinement leur rôle qui consiste à arbitrer entre effets nocifs et séquelles bénéfiques. Dommage qu'elles n'aient pas pris en compte les résultats positifs enregistrés lors de la plupart des expérimentations médicamenteuses sur 30 % des patients soumis à un traitement placebo. Car la psychosomatique se trouve au centre du dispositif contre le vieillissement. D'abord dans la motivation du senior, ensuite dans différentes pratiques intellectuellement salubres, enfin dans cet encouragement, par des signes bénins mais quotidiens attestant une meilleure forme physique et morale, à marcher allègrement sur la route souvent longue qui mène jusqu'au terme de la vie. Or un senior qui prend de la DHEA est, par définition, un individu qui ne dépose pas les armes, qui veut se battre jusqu'au bout contre la Grande Faucheuse et qui entend bénéficier de tout l'arsenal élaboré par des chercheurs-qui-ont-trouvé. Si l'on en venait à interdire complètement la prescription, sans doute faudrait-il inventer une nouvelle spécialité à base de cette aspirine qui fait du bien à tout le monde sans qu'on sache exactement pour quelles raisons et qu'on délivrerait sans ordonnance aux contemporains animés par le désir de survivre en bonne condition.

La Jouvence de l'abbé Soury se vend encore mais les dragées d'Hercule ont vécu. Le Viagra et les spécialités concurrentes sont arrivés à point nommé pour lutter contre une autre forme de vieillissement et, on le notera, sans que la Faculté et les pouvoirs publics s'y opposent malgré d'inévitables accidents cardiaques. Favorisant la reprise de l'irrigation vasculaire, qui provoque l'érection, le Viagra redonne une vigueur momentanée aux hommes désireux de surmonter l'impuissance sexuelle. Il n'est cependant pas certain qu'on trouve, en même temps que les dragées vendues par le pharmacien, l'amour et le désir qui constituent les meilleurs éléments déclencheurs. Il n'est pas établi non plus que toutes les dames ainsi honorées se félicitent de ce progrès chimique. Un souvenir assez ancien ressurgit à ce propos dans ma mémoire.

C'était dans les années 60. Les travaux du docteur Bogomoletz fabriquant son fameux sérum de jeunesse et du docteur Voronoff greffant des testicules de singe à des vieillards en mal de lubricité défrayaient à la fois les chroniques médicales et les articles humoristiques. Une rumeur persistante voulait que certains contemporains célèbres, dont le pape en exercice et Charlie Chaplin, aient suivi avec succès de tels traitements. Dans la foulée, un brave médecin parisien y était allé également de son sirop régénérateur. Pour le compte du *Figaro* où j'exerçais les fonctions de reporter, je m'étais rendu chez le praticien. Il m'avait ouvert lui-même la porte, petit vieux tiré à quatre épingles, aux cheveux aussi violets que la chasuble d'un évêque, les pommettes rosies par un léger maquillage ou par un début de couperose. Puis, m'ayant fait asseoir dans un salon plein de portraits de famille qui lui ressemblaient étrangement, il avait entrepris de faire ma religion sur son extraordinaire trouvaille. Oui, il avait eu l'idée d'associer des ingrédients sans danger pour la santé mais dont la combinaison provoquait une excitation sexuelle intense. Oui, il avait voulu expérimenter lui-même les vertus de son produit. Oui, le résultat s'était montré à la hauteur de ses espérances. Et, comme il me sentait à l'affût d'un détail précis, il avait consenti cette confidence qui, quarante ans plus tard, me plonge encore dans une douce hilarité : « Tel que vous me voyez, monsieur, j'ai, à soixante-dix-huit ans, une petite amie de trente-cinq. Eh bien, alors qu'avant elle me trouvait simplement formidable, dernièrement, après que nous eûmes fait fougueusement l'amour, elle m'a dit : "Pépère — car elle m'appelle Pépère — qu'est-ce que tu me fatigues !" »

Je pense souvent à ce brave médecin lorsqu'il est question d'une verdeur retrouvée à un âge plus que mûr et qui requiert le concours de partenaires plus ou moins patients. Je songe de façon plus optimiste à l'interactivité sexuelle chez les vieux couples où la dame dit au monsieur que, depuis qu'elle prend de la DHEA, elle souhaite qu'il se procure du Viagra.

Parmi les conseils qu'on peut prodiguer à ceux qui ne veulent pas vieillir figure en bonne place la surveillance de la façon dont ils sont amenés à se déplacer. Ils doivent éviter de traîner les pieds, ne pas descendre trop précautionneusement les escaliers, bref, paraître plus assurés de la maîtrise de leurs mouvements, moins angoissés par les possibles défaillances de leur corps. Qu'ils se gardent aussi de cette litanie trop souvent entendue chez les personnes dites âgées : « Je ne peux plus… Je ne suis plus capable… Je n'ai plus le courage… » Car les ennuis se rapprochent et se précisent dès lors qu'on les appréhende quotidiennement. Toute comparaison avec le comportement passé est, à cet égard, nuisible puisqu'elle s'achève sur un constat de déclin. Cette remarque, particulièrement vraie s'agissant de gens qui ont fait beaucoup de sport dans leur jeunesse, a inspiré à mon cher Jean Dutourd une théorie que je partage entièrement : « Lorsqu'on a couru le cent mètres, lancé le poids ou disputé des matches de tennis à vingt ans, on est poursuivi par le souvenir de résultats avec lesquels il n'est pas question de renouer un demi-siècle plus tard. Les sportifs sont donc des gens qui vieillissent moins bien que les autres alors que les non-sportifs qui, à quatre-vingts ans, enregistrent la même absence de performance que dans leur adolescence ont un moral d'acier sinon des muscles du même métal. »

Impossible de dissocier l'hygiène de vie de la lutte contre la mort et d'oublier que si l'on creuse — très lentement, Dieu merci ! — sa tombe avec sa fourchette, la surveillance du contenu de l'assiette fournit un élément déterminant de survie. L'ennui est que, comme toujours en matière de régime alimentaire, chacun possède ce qu'il estime être la meilleure méthode et qui ne souffre aucune discussion. Dans la panoplie des candidats au centenaire : les produits lactés, les eaux minérales riches en calcium, les légumes surtout bio, les poissons qui aident à phosphorer, l'huile d'olive vierge, les protéines et, d'une façon générale, tous les mets à faible apport calorique. Pour le reste, un pèlerinage matinal sur la balance permet d'apprécier le résultat de ses efforts et d'encourager une motivation sans cesse menacée par des « extras » tentateurs. Les diététiciens, qui font la loi dans ce domaine, sont aussi divisés que leurs patients sur la plus efficace conduite à tenir. La plupart ont renoncé au vieux précepte « pas plus de kilos que de centimètres au-delà du mètre » et conviennent que chaque individu possède un « poids optimum » dont s'accommodent au mieux son muscle cardiaque, son métabolisme, sa joie de vivre et, pour ceux qui sont artistes ou commerçants, la confiance qu'une pléthore en forme de pignon sur rue peut inspirer à leur clientèle.

Restent les irréductibles du genre « courte mais bonne », les inconscients qui allument une cigarette au sortir du cimetière où ils viennent d'accompagner un ami mort d'un cancer du poumon, les philosophes qui boivent comme des trous pour oublier que l'homme est mortel, les goinfres qui soutiennent que tout ce qu'on dévore de bel appétit ne saurait faire de mal et les obèses résignés qui remarquent, après Francis Blanche : « Mourez maigre, mourez gros, la différence est pour les porteurs. »

# 7.

# *L'espérance aide à vivre et le bonheur ne va pas sans aptitude*

Depuis que la statistique accorde, tous les quatre ans, à la femme (et dans une moindre mesure à l'homme) une année d'existence supplémentaire, l'espoir est devenu scientifique. Certes, tous les augures ne sont pas du même avis. Si certains annoncent triomphalement que les petites filles nées à partir de l'an 2000 ont une chance sur deux de devenir centenaires et les petits garçons de parvenir au moins jusqu'à quatre-vingts ans, les autres affirment que, pendant plusieurs décennies, la situation sera stagnante. Ils rappellent que tous les individus — y compris les nourrissons — recensés aujourd'hui par l'état civil seront morts depuis longtemps lorsqu'on pourra jouer les prolongations jusqu'à cent vingt ans, voire jusqu'à cent cinquante ans, chiffres avancés par les chercheurs les plus optimistes comme ceux des âges que l'organisme humain pourrait atteindre dès lors qu'on saurait le protéger contre tous les accidents de parcours. Nul doute que les interventions visant à soigner ou à régénérer les cellules soient pour demain et que les cliniques du troisième millénaire s'organisent bientôt à l'image des magasins de pièces de rechange où l'on troquera un foie usagé contre un foie neuf, où l'on fera emplette d'un cœur artificiel et où l'on se procurera au mètre des artères insensibles au cholestérol.

Les actuaires devront revoir le tableau de mortalité qui conditionne le montant des retraites, les assurances sur la vie, les régimes de la Sécurité sociale. Car il faut s'attendre à ce que la logique froide des chiffres l'emporte sur les plus chaleureux états d'âme. On voit mal en effet comment un nombre décroissant d'actifs autorisés à se reposer à partir de cinquante ans pourra assurer la subsistance d'un nombre croissant d'inactifs susceptibles de passer encore un siècle sur la terre après avoir quitté le monde du travail. Il faut s'attendre aussi à ce que les avantages liés aux ventes en viager (transaction spécifiquement française et totalement immorale puisqu'elle consiste à espérer le trépas de son prochain) soient revus à la baisse. On se souvient de notre compatriote Jeanne Calment qui fut, pendant une quinzaine d'années, la doyenne de l'humanité et qui, aux alentours de son soixante-dixième anniversaire, avait jugé sage de vendre son appartement en viager à un notaire beaucoup plus jeune qu'elle mais qui devait mourir alors qu'elle n'avait pas encore soufflé ses cent bougies. Du même coup, c'est tout le mécanisme de l'héritage qui va se trouver remis en question. Si l'essentiel de la procréation continue à s'exercer à la diligence de géniteurs trentenaires, leurs enfants devront attendre d'avoir cent vingt ans pour entrer en possession d'une fortune ou d'un bien de famille. Et que dire des princes héritiers des dernières monarchies sinon que, confrontés au même problème lorsque leurs parents se refuseront à l'abdication, ils monteront sur le trône à l'orée d'un gâtisme hâté par la consanguinité ?

De nombreux travaux ont permis d'établir que l'optimisme aidait à éviter la maladie et à reculer le moment de la mort. A l'inverse, les états émotionnels négatifs engendrant l'angoisse ou débouchant sur la colère mènent plus rapidement au cimetière que ce qu'il faut bien appeler l'aptitude au bonheur. On est donc en droit d'affirmer que des gens, que leur médecin assurera d'une existence pouvant se prolonger durant un siècle et demi, seront mieux à même de jouer ces longues prolongations en voyant se dissiper leurs inquiétudes de la même façon que le bon docteur Coué constatait une amélioration de leur état général chez les patients qui, à son instigation, répétaient chaque matin : « Je vais de mieux en mieux. »

Enfin, d'autres que moi se pencheront sur les séquelles métaphysiques et religieuses de ce nouvel état de fait. Peut-être les Eglises enregistreront-elles encore une baisse de fréquentation avec le retard apporté au passage dans l'au-delà. A moins qu'on n'assiste au phénomène contraire si les prêtres sont capables de persuader leurs ouailles de remercier plus souvent le Créateur de les laissser profiter très longtemps des bienfaits de la Création.

En revanche, il ne me semble pas qu'une plus grande durée de vie doive susciter une plus grande sagesse. La vraie sérénité ne s'obtient qu'au prix de l'impuissance. De toutes les impuissances. Or, la tendance n'est pas de multiplier les zombies mais de prolonger, en même temps que l'existence, le désir — les désirs — d'en profiter pleinement. Il n'est d'ailleurs pas souhaitable qu'en prenant de l'âge, l'homme du troisième millénaire se guérisse de ses vices. Le vice — dans l'acception la plus large que donnent à ce mot les civilisations judéo-chrétiennes et les contemporains coincés — est un signe de vitalité et de personnalité. Or, chaque fois qu'un senior renonce à un vice, il ne le remplace par aucune autre activité et augmente seulement sa vacuité intérieure. Vive donc les seniors qui continuent à éprouver et à satisfaire des désirs sexuels, qui jouent aux machines à sous, qui se passionnent pour la politique ou pour le sport, qui élèvent la voix, qui savent toujours aimer, se réjouir, détester et se fâcher.

Il n'est pas encore dans le pouvoir de l'homme de s'opposer au vieillissement, en revanche il peut refuser l'idée de la vieillesse. La permanence d'un état physique et mental présentable est au prix de cet effort quotidien. Depuis une grande décennie je prends, à chaque anniversaire, une grande résolution au terme de laquelle je me promets d'accepter dès l'an prochain l'idée d'être vieux. Mais, en attendant, je continue à vivre comme si j'étais jeune.

Résultat : toutes les contraintes de l'âge se trouvent différées, repoussées, provisoirement éludées.

Encore convient-il de distinguer entre les faux-semblants et les arguments de fond. Les faux-semblants recourent à la mode des jeunes, qui fait sourire lorsqu'elle trouve asile sur des épaules trop chenues. Il ne suffit pas de porter un blouson et des baskets pour gommer vingt ou trente ans d'ancienneté. Ce serait trop facile et donc injuste. De même, la passion — vraie ou feinte — que l'on assure vouer au rock, au rap ou au roller ne saurait faire oublier, sinon une date de naissance qui ne constitue qu'un des paramètres, du moins qu'on appartient à une génération dont les engouements avaient noms boogie, chanson réaliste et tennis. Pour se sentir en parfait équilibre entre son âge et son époque, entre les générations qui montent et les générations qui ne veulent pas descendre, entre ce qu'on est et ce qu'on souhaiterait être, il faut du doigté, de la prudence, de la lucidité, de l'enthousiasme, de la volonté et de la modestie. Faute de quoi les plus louables intentions et un courage digne d'un meilleur sort n'aboutissent qu'à transformer le septuagénaire accroché à une jeunesse depuis longtemps révolue en vieux beau d'abord ridicule puis, très rapidement, pathétique. Faux-semblants aussi que l'usage systématique et inconsidéré d'un langage branché dont les codes naissent et évoluent davantage dans les boîtes que dans les hospices. L'emploi d'un vocabulaire juvénile par un vieux ne trompe personne sinon, parfois, l'antique personnage lui-même persuadé qu'en jargonnant le franglais et en oubliant la syntaxe la plus élémentaire, il deviendra le copain de ses petits-enfants et le partenaire idéal des minettes. Toutes considérations également valables pour la dame senior qui ne se décide point à ne plus s'habiller comme une gamine sans s'aviser qu'il y a plus de miracles à attendre d'un chirurgien esthétique que d'un marchand de fripes.

L'ambition de continuer à séduire se trouve au centre de tous ces efforts. Même si, pour certains, il s'agit déjà d'une séduction platonique. Pour les autres qui tendent à minorer l'importance de l'argent et des plaisirs qu'il permet d'acheter et sont, contre toute évidence, persuadés d'être toujours aimés pour eux-mêmes, le passage à l'acte demeure essentiel même s'il est rare, difficultueux et assorti d'une contrepartie financière. Les autres faux-semblants empruntent le truchement de ce qu'il faut bien appeler la nouvelle culture avec sa cohorte de BD et de petits écrans partagés entre télévision et Internet. Nul doute que le sexagénaire, même en superforme, qui s'obstine à relire Baudelaire en réécoutant Mozart paraît se réclamer d'époques révolues. McLuhan a détrôné Gutenberg, Hugo ne fait pas le poids devant Barbelivien et les *Brandebourgeois* de Bach sont effacés par des musiquettes pleines de réminiscences maladroites. Cette démagogie galopante de ceux qui courent après leur adolescence est d'autant moins opportune que les jeunes les plus équilibrés attendent des vieux les plus proches d'eux la transmission d'un savoir, d'une expérience et de traditions beaucoup plus que l'adhésion à leurs propres repères. Bref, comme la culture musicale ne s'apprécie pas à la façon de marquer la mesure d'une mélodie à la mode sur la table basse d'une boîte de nuit ou d'évoquer le savant décalage entre la main gauche et la main droite d'Erroll Garner, la permanence de la jeunesse dans le dernier tiers de l'existence de ceux qui profitent pleinement de l'augmentation de l'espérance de vie est d'abord et surtout affaire d'une très large ouverture d'esprit. Le vieux jeune (et non pas le jeune vieux) est quelqu'un qui milite pour l'élaboration d'un patrimoine commun et idéal rassemblant ce qu'on a produit et pensé de mieux dans tous les domaines depuis que le monde est monde.

Les arguments de fond sont à la fois les plus efficaces et les plus délicats puisque, au-delà des apparences physiques souvent très momentanément trompeuses, ils s'attachent aux caractéristiques authentiques de l'âme et de l'esprit. Le vieux-qui-ne-veut-pas-l'être doit se garder d'aimer la jeunesse comme on aime le veau, c'est-à-dire pour s'en nourrir et y puiser sa force. Il doit l'apprécier comme on révère un état privilégié dont on retarde à l'extrême le moment de sortir. Il doit combler chaque matin le fameux fossé entre les générations en y enterrant le conservatisme et le conformisme qui, davantage qu'une carte d'identité, donnent son âge à un être humain épargné par la mortalité infantile.

L'équilibre est infiniment subtil qui vise à rester attaché aux premières années de sa vie sans pour autant se désolidariser de ses contemporains récents.

Mais pourquoi n'aurait-on pas deux âges très différents, comme certains citoyens possèdent le plus légalement du monde deux nationalités ? La délicatesse de la position tient au ridicule qu'on frise à trop courir après une jeunesse perdue à jamais et au pathétique qu'on risque à trop vouloir s'arcbouter à une vieillesse par définition fragile. L'exercice requiert à la fois une conscience aiguë des dangers et la pratique quasi quotidienne d'une certaine gymnastique mentale.

Des tournures de phrases qui ne pardonnent pas doivent être bannies, dont le sempiternellement tragique « de mon temps » demeure le plus haïssable prototype car il tend à diviser le peuple des vivants en pas-tout-à-fait-nés et en pas-tout-à-fait-morts. On repoussera donc cette formule dès qu'elle vient à l'esprit afin qu'elle ne s'échappe jamais des lèvres. On s'abstiendra aussi d'employer des adverbes à forte connotation passéiste ainsi qu'« autrefois », « naguère », « jadis ». En matière de sujets appelant des jugements comparatifs, on évoquera avec beaucoup de légèreté une « époque différente » sans insister sur le fait qu'on l'a vécue. Le trop fréquent « Je le connais depuis cinquante ans », destiné à établir moitié des relations gratifiantes, moitié une grande fidélité dans l'amitié, fera l'objet d'un rejet identique.

Les gens qui prétendent avoir encore de l'avenir ne doivent pas se gargariser avec le passé. A chaque instant de la vie politique, sociale, littéraire, artistique, il importe de se convaincre que ce qui se faisait hier n'est pas forcément plus intéressant que ce qui se fait aujourd'hui. Il suffit pour se mettre en condition de se souvenir des indéniables supériorités établies par le Concorde et le TGV sur la diligence, des voyages réels des astronautes sur la Lune par rapport aux escapades imaginaires de Cyrano à destination de l'astre des nuits, ainsi que du progrès majeur du téléphone cellulaire sur le télégraphe Chappe et de la possibilité d'acheminer des images venues de la terre entière jusqu'à d'humbles foyers jusque-là condamnés à l'ignorance et à la solitude. Dans le domaine de la médecine et de la chirurgie, l'avancée est flagrante qui accorde des prolongations non seulement signifiantes mais encore confortables.

Alors, ne boudons pas notre plaisir au nom de traditions qui n'exigent pas d'obscurantisme sectaire. Reconnaissons les bienfaits du siècle et glissons sans appuyer sur la disparition de quelques valeurs morales qui constituent la rançon à payer en échange du progrès. Prenons conscience que l'intelligence humaine ne s'est pas amoindrie pour s'être transformée. Certes, les jeunes possèdent rarement une culture humaniste, mais leur éblouissante et précoce maîtrise des nouvelles techniques est de nature à inspirer l'admiration plutôt que le mépris ou l'indifférence. Si cela ne vous attire pas spécialement, ne vous contraignez pas à pianoter sur votre ordinateur toute la journée. N'opposez pas le logiciel de votre cerveau à ceux de l'informatique. Evitez de prétendre qu'Internet ne sera qu'un feu de paille parce que vous préférez un autre mode de communication ou ne pas communiquer du tout.

Il y a plus important car la question touche à notre psychologie profonde. Nous connaissons tous, dans notre famille ou parmi notre entourage, lorsque nous ne sommes pas nous-mêmes affligés de ce défaut, des gens qui ont ce qu'il faut pour être heureux et qui ne le sont pas, parce que, par éthique, catastrophisme ou faux stoïcisme, ils passent à côté du bonheur. Ceux-là déploient autant d'ingéniosité pour refuser les menus conforts de l'époque que d'autres pour les obtenir. Je pense en particulier aux bourgeois aisés et plus très valides dont la morale s'oppose à la détention de deux récepteurs de télévision et qui, parce que l'unique poste trône dans le salon, n'ont plus aucune distraction dès lors qu'ils ont gagné la chambre à coucher. Le phénomène se poursuit dans les régions à climat tempéré où les possesseurs d'un balcon ou d'un jardin considèrent comme une incongruité majeure d'installer dehors leur chaise longue, voire de prendre leurs repas sous la voûte du ciel à la belle saison. Même attitude négative chez ceux qui, ayant les moyens d'assister à un bon spectacle ou de lire un bon livre, s'abstiennent sous prétexte que les artistes et les écrivains d'aujourd'hui n'ont plus aucun talent ou que la fréquentation des poètes n'est plus nécessaire à des bipèdes guettés par les vers. Peu à peu ils se sont habitués à ne voir que le mauvais côté des choses : les contreparties polluantes du progrès ; les risques d'indigestion après un bon repas ; le bruit causé par la musique ; les gros chagrins par quoi se terminent inévitablement les histoires d'amour ; la jeunesse qui est méchante ; les politiciens qui sont pourris ; la politesse qui a disparu ou qui est bassement intéressée ; les retraites qui sont insuffisantes ; les automobiles qui renversent les passants sur les passages cloutés ; les transports en commun qui puent, et j'en passe.

Il y a péril en la demeure lorsqu'on ne la quitte plus. Quand, bien que valide, on ne veut plus sortir de chez soi par paresse ou par misanthropie. Quand, ayant les moyens de prendre des vacances, on se refuse à changer d'horizon, fût-ce quelques jours dans l'année. Il y a danger de vieillissement lorsqu'on n'éprouve plus de curiosité pour les gens et plus d'intérêt pour les choses.

Bref, si la vie se termine, par définition, toujours mal, rien n'interdit de s'évertuer à ce qu'avant son terme elle se déroule bien.

8.

# *Edgard ou le couloir de la mort*

Edgard a soixante et onze ans. La statistique lui accorde encore trois ans de vie terrestre, soit un peu moins de onze cents jours. Edgard n'en a aucunement conscience, qui se consume en vains propos et en actes dérisoires : flâneries sans but ; soirées devant la télé ; rêvasseries dénuées de toute charpente culturelle. Non seulement l'approche du trépas ne le porte pas vers les actes essentiels, mais la retraite, dont il jouit depuis deux lustres, a eu pour principal effet de détruire son caractère et de démobiliser ses ambitions.

Edgard tue désormais le temps en attendant d'être tué par lui. A coups de rites débiles et d'occupations artificielles, si l'on exclut une modeste activité associative qui lui permet de rencontrer deux fois l'an d'autres collectionneurs de parapluies. Chaque jour qui passe constitue une petite victoire sur l'ennui d'être alors qu'on n'a plus aucune raison d'exister. Ses amis de jeunesse ont presque tous disparu. Son épouse est morte sachant, en le regardant pour la dernière fois, qu'elle ne serait pas remplacée. Une fois, une seule, il a rencontré dans l'escalier de l'immeuble une femme encore jeune qui a paru s'intéresser à son maigre destin. Il l'a invitée à prendre un verre chez lui. Mais les questions, qu'elle n'a pu se retenir de poser sur la valeur vénale de son logement et sur le montant de sa pension, lui ont trop confirmé qu'il ne pouvait plus être aimé pour lui-même et il n'a pas cherché à la revoir.

Edgard vit depuis dix ans avec Nestor, un brave cocker qui ne lui ménage pas son affection même en dehors des heures de repas. Nestor est le confident d'Edgard. Selon le ton employé par son maître, il adopte la mimique oculaire convenable : larmoyant quand Edgard se plaint de ses rhumatismes ; guilleret lorsqu'il évoque la disparition d'une épouse qui n'aimait pas les chiens ; intéressé lorsqu'il est question d'une promenade. On peut tout dire à Nestor car il ne répéte rien et s'abstient de remarquer sur un ton aigre-doux que le sujet a déjà été abordé trois fois dans la journée. Quand Edgard change de pièce, Nestor l'accompagne, fût-ce en interrompant sa sieste. Lorsque Edgard a eu un malaise, l'année passée, Nestor lui a léché le visage jusqu'à ce qu'il reprenne conscience. Le drame d'Edgard serait que Nestor disparaisse avant lui puisque, selon l'arithmétique comparative des longévités humaine et animale, Nestor vieillit sept fois plus vite que son maître. Si l'inverse se produit, Nestor sera recueilli — tout est réglé par testament et réserve d'un petit capital — par une voisine chez laquelle il terminera paisiblement ses jours.

La grande coquetterie d'Edgard réside dans l'établissement de ses dernières volontés. Il y met d'autant plus d'ardeur que, de son vivant, ni les événements ni son entourage ne lui ont jamais permis de rien décider d'important. Ainsi s'explique que le paiement par anticipation de ses obsèques lui ait procuré l'extrême contentement affiché par deux figurants de son âge dans le spot télévisé qui lui a donné l'idée de prévoir — à la poignée de cercueil près — les pompes à l'ombre desquelles il quitterait ce bas monde. La vente en viager de son trois-pièces a constitué l'autre volet de son organisation posthume. Exigeant sur le bouquet, en arguant d'une santé visiblement déficiente mais qui s'est rétablie dès la signature de l'acte, il ne tolère pas un jour de retard dans l'acquittement de la redevance mensuelle qui lui garantit un certain train de vie jusqu'au dernier soupir. Pour ses meubles et ses objets familiers, Edgard a prévu une vente sur place le lendemain de l'inhumation dont le produit ira à l'association des collectionneurs de parapluies qui l'a nommé vice-président en apprenant son généreux projet. Ses héritiers naturels — trois cousins au quatrième degré qu'il n'a pas vus depuis un quart de siècle — se consoleront avec la part réservataire immobilisée à leur intention sur un compte en banque maigrelet mais stable.

Ainsi va la vie d'un homme qui la perdra bientôt. Et qui se soucie de sa disparition comme d'une guigne depuis qu'il sait qu'après lui tout se déroulera enfin selon ses désirs. Sans avenir Edgard est également sans passé depuis qu'il a brûlé les photographies évoquant un parcours professionnel, modeste mais prolongé, de magasinier dans une épicerie de luxe. Un poste qui lui a permis d'entrevoir de loin des gens riches sans jamais lui donner l'envie de les imiter. « Chacun à sa place » a été et reste sa devise : Nestor dans son panier et lui dans son fauteuil dont, avec les années, le repose-tête garni de dentelle s'est culotté comme une vieille pipe.

Chaque semaine s'écoule comme la précédente selon un ordre d'autant plus strict que rien ne l'impose plus. Le lundi, Edgard donne un bain à Nestor qui, par affection, dissimule ses réticences. Le mardi, Edgard se coupe les ongles des pieds et des mains. Le mercredi, il fait, sauf intempéries graves, un tour pédestre complet de l'arrondissement — le quinzième de Paris — qui l'oblige à emporter un sandwich qu'il grignote toujours sur le même banc de l'avenue de Versailles, voisine du supermarché où il effectue ses emplettes de la semaine avant de les empiler sur le petit chariot qu'il traîne comme un clochard. La promenade se termine cinq minutes avant le début du journal télévisé qu'Edgard consomme sur France 2 parce que le service public lui semble garantir le sérieux d'une information, qui ne l'intéresse nullement, mais qu'il reçoit dans son grand âge comme l'hostie durant son enfance, ainsi que le symbole d'appartenance à une communauté, qu'il n'a pas choisie, qui ne lui semble pas préférable aux autres mais qui est la sienne. Le jeudi, Edgard lit *La Gazette agricole de la Haute-Marne* à laquelle il s'était abonné pour faire plaisir à sa défunte épouse qui y cherchait le reflet de son pays natal. Edgard s'astreint à ne pas sauter le plus petit paragraphe et ne se fait grâce d'aucun vin d'honneur, d'aucun mariage, d'aucun enterrement alors qu'il s'agit d'inconnus habitant une région où il n'a pérégriné que huit jours à l'occasion de vacances complètement ratées, compte tenu de la mauvaise humeur d'une femme qui n'avait vu dans son retour aux sources en compagnie de son compagnon légal que l'occasion manquée d'affirmer sa supériorité à l'égard d'amies de jeunesse mieux mariées. Le vendredi, Edgard fait la lessive. Nestor le sait qui, ce jour-là, cherche refuge sous le lit. Le samedi, Edgard repasse le linge qu'il a lavé la veille et se couche à minuit au lieu de vingt-deux heures afin de « marquer le coup ». Le dimanche, il s'octroie une grasse matinée, mitonne un plat en sauce, qui active la salivation de Nestor, et se rend au cinéma du quartier sans s'informer préalablement du film à l'affiche qui, de toute façon, lui procurera moins de plaisir que le chocolat glacé qui va avec.

Les semaines succèdent aux semaines sans surprise, avec toutes les apparences d'une vie normale et civilisée, en réalité végétative. On surprendrait Edgard si on lui signalait qu'il existe un grand nombre d'autres comportements que celui qu'une fois pour toutes il a adopté. A chaque fin de mois, Edgard vérifie que sa pension a été virée sur son compte. Il continue à retirer de cet épisode comptable la même satisfaction que celle éprouvée au lendemain de son départ en retraite à la pensée que, désormais, on le rétribuerait à ne rien faire. Un avantage promis à tous ceux dont on récompense en même temps les efforts, l'épargne forcée et la longévité qu'il assimile à une revanche sur un système qui l'a longtemps exploité et qu'il a le droit tardif de rançonner avec la bénédiction de la législation sociale.

Pour le reste, Edgard s'est définitivement coupé du monde. Il ne possède pas le téléphone, allume la télévision sans la regarder vraiment, ne fréquente âme qui vive, demeure indifférent aux chambardements politiques et aux changements de saison, prisonnier d'une bulle qu'il troquera contre un cercueil. Il n'attend rien d'une société qui ne lui demande pas davantage. Tous les semestres, il va voir un généraliste du quartier qui lui assure qu'il se porte comme un charme en se disant in petto qu'il ne fera pas de vieux os. Personne ne le salue. Les regards des voisins le traversent. Les enfants l'évitent. Il ne reçoit jamais de courrier. Ses impôts, ses notes de gaz et d'électricité sont débités automatiquement sur un compte bancaire qu'il ampute, à chaque début de mois, des quelques centaines de francs nécessaires à sa subsistance et à celle de Nestor. Présent sur les registres de l'état civil, il est totalement absent de l'esprit de ses contemporains.

Encore heureux qu'il ait vendu son logement en viager sinon sa mort risquerait de passer aussi inaperçue que sa vie.

# 9.

# *Au-delà de soixante-dix ans, votre ticket est encore valable*

La sexualité des troisième et quatrième âges a été longtemps un mystère. Une chape de honte et un voile de pudeur empêchaient d'en distinguer les contours. Les plus optimistes assuraient que les derniers spasmes sont souvent les plus beaux. A quoi les pessimistes rétorquaient que, si on est parfaitement conscient de faire l'amour pour la première fois, on ignore généralement qu'on le fait pour la dernière jusqu'à ce qu'on se soit avisé — parfois jamais — qu'il n'y en aura pas de prochaine.

Le sujet était donc tabou et l'on devait se contenter d'une rumeur assez désespérante : on ne fait plus l'amour après soixante-dix ans. Aujourd'hui, les progrès conjoints de la franchise et de la statistique permettent au contraire d'affirmer qu'un quart des Français de plus de soixante-dix ans se livrent au simulacre de la reproduction plus de trois fois par semaine alors que la moitié des sexagénaires se limitent à deux ou trois fois par mois. Certains mettront en doute la fiabilité de précisions davantage explicables par l'amour-propre que par l'amour. D'autres évoqueront leur méfiance par rapport à l'expression générique de « faire l'amour » qui peut recouvrir, selon les âges mais aussi les tempéraments et habitudes, des rituels fort différents. On se souvient de Jacqueline Delubac répondant à un ami qui s'inquiétait de la démobilisation sexuelle de Sacha Guitry : « Je ne m'en aperçois jamais car il est tellement habile... » D'autres enfin parleront de la « sexualité torride des hospices » et citeront à l'appui de leurs dires cette boutade d'un humoriste, dont je ne parviens pas à retrouver le nom (ah ! les méfaits de l'âge...) : « L'humanité est un gigantesque hôpital où les malades n'arrêtent pas de changer de lit. »

La sexualité du senior, lorsqu'elle n'est pas complètement inhibée par une maladie particulière ou par un affaiblissement général, trouve un regain dans deux idées-forces : d'abord il n'y a plus de procréation à redouter ; ensuite il n'y a plus de temps à perdre. Le « vieux cochon » des trois premiers quarts du XX$^{e}$ siècle a donc fait place à un senior vigoureux, encouragé par son médecin, félicité par ses copains, sublimé par les médias. Et plus ou moins toléré par sa famille qui, lorsque ses ardeurs s'exercent en dehors de la vie conjugale, voit cependant rarement d'un bon œil l'intervention d'une partenaire plus jeune dont la morale bourgeoise explique le goût pour les amants chenus par des arrière-pensées vénales. Le Viagra aidant — plus l'idée d'ailleurs que le produit lui-même utilisé par 4 % seulement des septuagénaires —, la permanence de l'acte amoureux ne relève plus d'une obsession tardive et malsaine mais d'un exercice physique souhaitable et apprécié autant par ceux qui s'y adonnent que par leur entourage.

Bien que devenu, au fil des années, de plus en plus exigeant, le senior n'est pas à l'abri du coup de foudre et de la passion. L'incitation de personnes plusieurs fois majeures à la débauche étant autorisée implicitement par le Code pénal qui a choisi de l'ignorer, le senior de sexe masculin bénéficie très tard de l'intérêt : 1. des chercheuses de pension qui se vengent ainsi des coureurs de dot ; 2. des dames meublées en ancien et qui souhaitent un compagnon de la même époque que leur commode pour ne pas déparer l'harmonie d'un intérieur douillet ; 3. des demoiselles issues d'une famille décomposée et plus ou moins bien recomposée, en quête d'un père. Les interrogations à ce sujet concernent l'inclination toujours un peu suspecte d'un junior pour un senior et non pas l'inverse (que le goût pour la chair fraîche suffit à justifier). L'amour peut cependant exister entre deux partenaires dont l'un est encore très jeune et l'autre plus du tout. Mais l'attrait physique a alors moins d'importance que la séduction intellectuelle ou le rayonnement social. On remarquera que le schéma le plus couramment admis est celui d'un couple formé d'une gamine et d'un homme vieillissant dont on loue la verdeur. S'il s'agit — beaucoup plus rarement — d'un couple constitué par un jeune homme et une dame qui pourrait être sa mère, cette dernière est considérée comme une vieille obsédée, consommatrice de gigolos. Distinguo logique sinon normal dans un pays où « don juan » se prononce au féminin « nymphomane ». Le senior est également très apprécié des dames plus jeunes que lui et a beaucoup plus de chances de « refaire sa vie » après un veuvage ou une rupture qu'une femme dans la même situation, car il apporte une expérience, voire une érudition, très profitable en matière de voyages, de spectacles et de restaurants. « Avoir vécu » aide ceux qu'on aime à vivre.

Tout n'est pas rose ni facile pour autant dans le domaine de la sexualité tardive. Car si les sentiments sont mieux exprimés que par la jeunesse dès lors qu'ils passent par une cour assidue, des compliments délicats et des envois réguliers de fleurs, la concrétisation est parfois plus difficile. J'avoue que, depuis ma cinquantième année, je n'écoute jamais les confidences sexuelles des seniors les plus actifs (et qui se montrent de moins en moins discrets en prenant de l'âge) sans me livrer à un rapide calcul mental à l'aide duquel je détermine le nombre d'années durant lesquelles je peux encore espérer me livrer au simulacre de la reproduction. Je me souviens d'un grand journaliste, reconverti dans la chronique gastronomique après s'être illustré dans le grand reportage puis dans la chronique judiciaire qui, ayant dépassé ses quatre-vingt-dix hivers, se targuait devant moi d'honorer régulièrement une jeune femme de trente-cinq printemps. Sa méthode était aussi simple qu'efficace qui passait par un tendre sentiment, par le plaisir préalable d'un bon repas et par une jubilation affective capable de réveiller le plus endormi des corps caverneux. A telle enseigne que l'intrusion du senior dans la partie la plus intime de la demoiselle ne posait, le moment venu, aucun problème. Et comme je me récriais d'admiration, l'antique confrère, auquel une longue pratique de l'amour n'avait pas fait perdre son sens de l'humour, plissait avec malice ses yeux avant de me gratifier de cette ultime précision : « Pour pénétrer, vous voyez, il n'y a pas de problème. Mais ensuite, il ne faut pas qu'elle tousse… »

Dans l'instrospection lucide d'une sexualité vieillissante, Romain Gary est un pionnier puisque, dès les années 70, il publiait *Au-delà de cette limite votre ticket n'est plus valable,* au fil duquel il relatait les premières « pannes » d'un héros qui lui ressemblait comme un père. Il s'agit d'un industriel âgé de cinquante-neuf ans qui vit — prématurément — le passage de la force de l'âge à l'impuissance d'icelui. Cinquante-neuf ans : le héros affiche une triste avance sur le moment où surgissent généralement les « contre-performances », seuil fatidique où le cœur s'emballe encore tandis que le sexe a tendance à se calmer. A lire Gary, on s'avise très vite que le problème se situe davantage dans la tête de celui qui l'éprouve que sous sa ceinture. Mais comme l'impulsion vient d'en haut, le bas doit — c'est le cas de l'écrire — s'incliner. Et l'inclinaison décourage l'inclination. La fonction érectile du sujet se trouve gravement mise en cause. La débandade commence. Longtemps après Gary et au cinéma, Claude Berri traite ce sujet auquel il s'avouait très sensibilisé. Le film est plus pataud qu'émouvant et sa carrière ne fut pas éclatante. Sans doute la mise en images de la montée de l'impuissance gomme-t-elle son côté pathétique en privilégiant son aspect malsain et ridicule.

Avec Gary, du moins, le panache perdure, même si le drapeau a baissé la hampe. Et l'on s'émeut davantage du drame du séducteur qui, désormais, parle plus qu'il n'agit, que de la détresse du mâle privé de sa virilité. Le regret du héros, devenu impuissant — et donc de Gary —, est double : regret de constater le ramollissement d'un symbole, regret de ne pouvoir continuer — sauf par bagatelles et substitut — à distribuer le plaisir aux belles clientes de son prolongement favori. Au passage, et sous le couvert de consultations d'éminents médecins, Gary s'en prend aux croqueuses de prostates qui, pour retarder de quelques minutes l'arrivée de l'orgasme, exigent de leur partenaire une longue retenue qu'ils paieront plus tard d'une impossibilité de conclure. Avec une description clinique des signes de déclin d'un organe que, vers quatre-vingts ans, le gastronome Curnonsky décrivait comme « de moins en moins génito et de plus en plus urinaire ». Et puis, en prime, ce fantasme de l'amoureux éperdu qui, ne pouvant plus témoigner son amour, envisage de louer les services d'un homme encore jeune et bien pourvu. Mais ne s'agit-il pas d'un autre phénomène répertorié par les sexologues sous la mention de « complexe d'Oreste » et qui consiste à offrir sa femme à un ami qui n'apprécie pas les cigares ni les digestifs ? Chemin faisant disparaît la vieille notion de l'inutilité de la prostate (dont Clemenceau soutenait qu'elle ne servait pas davantage que le Sénat). En fait, et tous les urologues vous le confirmeront, la prostate est la glande régulatrice du plaisir sexuel masculin et son ablation entraîne parfois l'impuissance totale ou, dans le meilleur des cas, l'inversion de la semence qui n'irrigue plus que le donneur. Quand on a refermé le livre, on se souvient que, quelques années après l'avoir écrit, l'auteur s'est donné la mort par suite d'un gros chagrin d'amour mais aussi faute d'avoir trouvé la « sérénité du caleçon ».

Au chapitre des sens, la vue et l'ouïe déclinent, elles aussi. Mais en suscitant chez les seniors atteints par de telles détériorations des réactions très contradictoires : alors qu'un aveugle ne prétend pas que les architectes ont construit des villes invisibles, les sourds accusent leurs interlocuteurs de mal prononcer les mots, voire d'aphonie chronique. Même différence dans les traitements proposés : de miraculeuses interventions au laser, voire des greffes, pour les aveugles alors que pour les sourds, il n'existe rien d'autre que des prothèses disgracieuses, coûteuses et, si l'on n'y prend pas garde, assourdissantes. Le sourd est vraiment, après le paralytique, le parent pauvre d'une société vieillissante. Il se sent peu à peu retranché des conversations, c'est-à-dire coupé du monde réel, enfermé dans un aigre ego et avec pour seule consolation la statistique au terme de laquelle neuf disc-jockeys sur dix n'entendent plus rien à partir de vingt-cinq ans. La marge de manœuvre des ORL dans ce domaine est faible qui s'inscrit entre la récupération d'un bouchon de cire et la prescription de l'achat d'un appareil.

Le toucher s'émousse avec l'érosion progressive de la sensibilité digitale. Le goût pâtit d'un mauvais état de la bouche. L'odorat apparaît indemne puisqu'il ne disparaît qu'avec son propriétaire. Mais, compte tenu des effluves circulant dans les hospices et les maisons de retraite, on peut se demander s'il s'agit vraiment d'une grâce d'état.

Je voudrais enfin attirer l'attention sur les séquelles automobiles d'un certain vieillissement. Au volant les réflexes et le tonus ne sont plus tout à fait les mêmes à trente ans et à soixante-quinze, même si les spécialistes notent que les seniors ont moins d'accidents que les juniors. J'ai vendu ma Ferrari au lendemain de mon soixante-dixième anniversaire. Certes, notre couple fonctionnait toujours bien, mais en apparence. Je savais que les huit cents pur-sang piaffant sous le capot exigeaient du cocher — même à vitesse légale — une forme physique intacte. J'ai appréhendé des faiblesses qui ne se produisaient pas et — surtout — je n'ai pas voulu jouer les vieux minets, fût-ce sous le prestigieux pavillon du Commendatore. Mais pour la plupart des seniors pilotant sagement des véhicules normaux, la route est encore longue au propre comme au figuré.

10.

# *Ne pas dételer*

Si on veut continuer à faire avancer — fût-ce parfois cahin-caha — sa charrette personnelle sur la longue route de l'existence, il ne faut surtout pas dételer. Les statistiques de mortalité concernant les deux années qui suivent un départ en retraite sont, à cet égard, très dissuasives. Non seulement tous les travailleurs admis à faire valoir leur légitime droit au repos — qu'ils soient volontaires pour continuer ou qu'ils aient été désespérés durant quarante ans à l'idée d'aller le matin au bureau, au magasin ou à l'usine — connaissent un traumatisme social, mais il faut compter avec les changements brutaux de rythme préjudiciables à l'organisme, avec l'impression d'isolement et de solitude née de l'éloignement du milieu professionnel et, surtout, avec le temps dangereusement accru que l'on peut consacrer à l'examen de ses petites misères.

Pendant des années on a fait son métier sans trop se poser de questions. L'ambition d'accomplir son devoir et la satisfaction de l'avoir accompli tenaient lieu d'états d'âme. Certes, les bas-côtés de la grande autoroute qui dessert les entreprises accueillaient leur contingent de vrais malades, de faux souffrants et de tire-au-flanc. Mais le gros de la troupe allait vaille que vaille à la manœuvre, louvoyant entre un absentéisme raisonnable, des week-ends récemment renforcés par les RTT et des jours de fête rappelant la conduite héroïque de nos soldats et attestant la ferveur intacte de nos ouailles. Or, du jour au lendemain, tout bascule. La veille, la vie était réglée comme du papier à musique ; le lendemain on n'est plus tenté de tourner les pages d'une partition privée de ses notes familières. La veille, tous les collaborateurs et les supérieurs — patrons en tête — trinquaient au vin d'honneur qu'on offre traditionnellement chez nous avant d'abattre sur une tête blanchie sous le harnais le couperet de la cessation d'activité. La veille, on recevait avec émotion les cadeaux plus ou moins symboliques (rocking-chair, canne à pêche, encyclopédies) achetés grâce à une collecte menée auprès des amis et des autres, et sans qu'on puisse jamais savoir qui a donné quoi et si, pour aboutir à une somme convenable, le directeur financier n'a pas fait un gros effort. La veille, le PDG, prenant la parole devant le personnel rassemblé au grand complet, comme toujours lorsqu'il y a un verre à boire et des médisances à échanger, prononçait l'éloge du partant. En énonçant, au terme de sa péroraison, les formules sacramentelles qui tiennent lieu d'absoute dans le monde du travail. Or, le lendemain, et en dépit d'un départ qui, sur le moment, a paru affecter tant de gens, il apparaît que la « boîte » n'a jamais mieux tourné, que l'adjoint du retraité a pu enfin bénéficier d'un juste avancement et que le nom de l'évincé est déjà sorti de toutes les mémoires. La « boîte » manque davantage au nouveau pensionné qu'il ne manque à la « boîte ». Quant à aller rendre visite à ses anciens collègues, il n'en est évidemment pas question. Le lendemain, ce serait trop tôt. Les semaines suivantes, ce sera trop tard. La page est tournée et, si l'on veut en écrire d'autres, il faudra changer de livre.

Dieu merci, la retraite est également perçue par de nombreux bénéficiaires comme une véritable libération. Libération d'une besogne forcément répétitive. Libération par rapport aux petits et aux grands chefs. Libération sur le plan des contraintes de tous ordres que l'on désigne aujourd'hui sous la locution obscure, flatteuse et parfois terrifiante de « culture d'entreprise ». Libération des horaires qui ont si longtemps gâché les jours et abrégé les nuits. Libération des marques de politesse, voire des signes de déférence, qui correspondent rarement aux sentiments réellement éprouvés. Mais qui dit libération dit liberté et c'est de cette liberté nouvelle, plénière, énorme, vertigineuse qu'il va falloir s'accommoder.

Le passage de l'emploi à la retraite doit être minutieusement préparé à l'approche du troisième âge, ainsi qu'un examen dans l'adolescence. Préparation mentale d'abord qui tend à privilégier les mauvais moments auxquels on va désormais échapper et les bons moments qu'une réorganisation totale permet d'espérer. Il est recommandé, si on le peut, de partir pour un voyage plus ou moins lointain dès le lendemain du vin d'honneur. Le tourisme demeure le grand consolateur des peines de travail comme des chagrins d'amour. Rien de tel qu'un dépaysement pour oublier l'usine où l'on a peiné, le bureau qui risque de vous manquer. La vie quotidienne sur un bateau de croisière ou dans un village de vacances permet de nouer de nouveaux liens en s'intégrant à un nouveau groupe. On évitera de céder à la nostalgie de la période qui vient de s'achever en racontant ses vieilles guerres verbalement ou sur le papier. On s'efforcera de rompre toutes les attaches précédentes. Pas question de donner à un ancien collègue de travail le coup de téléphone solennellement promis le jour du départ. Deux personnes qui vivent sur des planètes différentes n'ont plus rien à se dire. Et à quoi servirait — sinon de réveiller regret ou amertume — de prendre des nouvelles des uns et des autres avec l'espoir — toujours déçu — de s'entendre dire que, depuis qu'on est parti, les affaires périclitent et que l'ambiance est moins bonne.

Au retour du voyage inaugural plus ou moins lointain, on s'efforcera de voir davantage sa famille et ses amis. En demandant à la première de n'être pas traité comme un convalescent et aux seconds d'être, si possible, retraités eux aussi afin d'offrir des disponibilités identiques et des intérêts communs.

Les premières semaines gagneront à être utilisées à rattraper le retard culturel accumulé durant les dernières décennies : lecture de livres mis soigneusement de côté ; audition de musiques variées ; visite de musées ; pèlerinages guidés sur les hauts lieux historiques. Il est également recommandé d'adapter sa garde-robe à sa nouvelle situation. N'étant plus tenu au port de l'uniforme d'entreprise, le retraité accède à une mode seulement régie par son bon plaisir. Le bon plaisir : voilà l'idée-force du retraité. Il ne doit plus en faire qu'à sa tête et selon ses vœux. Pour les uns ce sera l'occasion d'une exacerbation du nombrilisme, pour les autres l'épanouissement d'une vocation altruiste longtemps contrariée.

On reconnaît la réussite d'une retraite à l'ivresse qu'elle engendre à son début dès lors qu'on a décidé d'entamer une nouvelle vie. La modification fondamentale des habitudes est surtout perceptible le matin lorsque le réveil ne sonne plus et que la grasse matinée n'est plus assimilable à un abandon de poste. Il convient toutefois de se garder de faire du lit l'épicentre de la dernière partie de son destin. Les nouveaux retraités les plus stressés sont ceux qui, chaque matin, se désespèrent à l'idée de n'avoir plus aucun projet ni aucune obligation. Or, des projets, on peut toujours en faire sur le plan personnel. Et les obligations, rien n'est plus facile que de s'en créer. Je garde le souvenir de mon père qui, s'étant éloigné de son atelier de tailleur pour hommes, avait décidé que ses premières semaines de liberté le conduiraient sur les traces de son passé. Selon un plan minutieusement établi avec adresses, téléphones et horaires de train, il avait retrouvé, en suivant la logique chronologique, la maison de son enfance, sa première école communale, son premier lycée, sa première caserne, la mairie où il s'était marié, la première société qui l'avait employé et même le village du Nord où il avait fait le coup de feu durant la drôle de guerre. Les gens qu'il avait connus n'étaient plus là. Ils avaient quitté la région ou perdu la vie. Mais les lieux, eux, n'avaient pas changé si l'on excepte les antennes de télévision. Chemin faisant, mon père avait photographié tous ces endroits qui avaient joué un rôle dans sa vie. Et lorsqu'il revint de son long périple, qui l'avait mené jusqu'en Israël, il s'attacha à réaliser l'album qu'il projetait de feuilleter, plus tard, avec ses petits-enfants.

D'autres exutoires sont possibles : les promenades dans la ville qu'on habite depuis sa naissance sans jamais avoir dépassé son quartier ; l'adoption d'animaux de compagnie dont on a davantage le temps de s'occuper et, surtout, la mise en chantier d'une collection. La collection engendre une démarche passionnelle indépendante de son objet. Peu importe qu'on se mette à rassembler les timbres, les couvercles de boîtes de camembert, les étiquettes de châteaux bordelais ou les estampes japonaises. La création d'un centre d'intérêt, d'autant plus fascinant qu'il n'est pas partagé par de nombreux contemporains, suscite sur le tard des enthousiasmes et des efforts dont on ne se croyait plus capable. On lit des publications spécialisées. On prospecte les ventes aux enchères. On fréquente les bouquinistes. Et chaque nouvelle étape de la collection apparaît comme un défi opposé à l'ennui, voire à la solitude. Chacun collectionne selon ses moyens. J'ai connu un professeur retraité et indigent (les deux mots iront de plus en plus souvent de pair) qui, à la nuit tombée et en se coiffant d'une vieille casquette pour ne pas être identifié, enfilait des gants de chirurgien afin de fouiller les poubelles. Il s'était mis en quête des emballages de yaourt dont il avait résolu d'être le premier collectionneur au monde. Ces maniaques sont plus à envier qu'à plaindre puisqu'ils se sont trouvé un vrai dérivatif, une façon de se dépasser soi-même sinon de concurrencer les autres, un défi qui ne prend généralement fin qu'avec leur existence.

Le chien, le chat ou d'autres animaux moins conventionnels autorisent la fondation d'une nouvelle famille lorsque l'ancienne s'est éloignée. L'adoption d'une boule de poils pleine de tendresse est alors vécue comme la création d'un entourage de rechange sur les besoins duquel on règle ses habitudes. La miction vespérale du caniche devient un rite important qui termine la journée et donne l'occasion de lier conversations ou amitiés avec des gens ayant les mêmes problèmes, et les ayant résolus de la même manière, avant d'aller se coucher avec la satisfaction d'une mission certes mineure mais, si l'on peut dire, remplie. Il y a danger de se prendre trop au jeu et, en ne se défiant pas des contresens de l'anthropomorphisme, de traiter un cocker comme le fils qu'on aurait voulu conserver auprès de soi et qui a suivi le premier jupon venu pour aller procréer des gosses braillards qui n'acceptent plus, comme les générations précédentes, que leurs moments de loisirs soient consacrés chaque dimanche aux pèlerinages familiaux. L'amour voué aux animaux peut tourner au tragique lorsque l'animal meurt avant son maître. Aussi les âmes sensibles doivent-elles se montrer prudentes en ne faisant emplette que de quadrupèdes dont l'espérance de vie correspond à la leur. Méfions-nous des canaris qui ne chantent que deux ou trois saisons, privilégions le chiot qui a quinze bonnes années devant lui, mais écartons la tentation d'adopter des animaux aussi encombrants que l'éléphant sous prétexte qu'il vit aujourd'hui aussi longtemps qu'un cadre moyen d'Europe occidentale.

Une gastronomie étudiée et une familiarité plus grande avec les bons crus procurent l'euphorie que la reconnaissance sociale n'apporte plus. Le plaisir est encore plus complet lorsque celui qui s'y adonne tardivement et en n'ayant plus l'alibi des repas d'affaires met un point d'honneur à effectuer les achats, voire à mitonner des petits plats. Il s'agit de construire un nouveau rythme de vie, d'inventer de nouvelles occupations qui font oublier les anciennes, voire de remplacer par une suractivité privée l'activité professionnelle. Le pari est considéré comme gagné lorsque, prié par des proches d'expliquer à quoi il consacre maintenant ses journées, le nouveau retraité déclare avec une parfaite bonne foi : « Je n'ai plus une minute à moi ! »

A ce cortège de passions du dimanche, étendues à la semaine entière, et de violons d'Ingres pour lesquels on est libre d'écrire tous les concertos, se substituent ou s'ajoutent parfois les emplois d'avant-tombe. Rémunérés, contrairement aux tâches associatives, ces emplois se cumulent avec les retraites et pensions pour peu qu'on ait pris la précaution de transformer des salaires en honoraires et de pouvoir exciper, lors d'un contrôle, de ressources irrégulières. Ainsi l'ancien président d'une grande banque devient-il conseiller d'un établissement financier, le préfet honoraire entre-t-il dans un conseil d'administration et l'officier de réserve apporte-t-il son expérience à une officine chargée d'assurer la sécurité. Ces regains de carrière peuvent se prolonger très tard selon les besoins des groupes en personnalités rassurantes, voire emblématiques, et le maintien des capacités intellectuelles des seniors dont de jeunes patrons s'attachent la compétence.

Mais la palme de la durée revient aux politiciens. Certes, ils sont tributaires des caprices du suffrage universel. Le peuple le plus spirituel et le plus versatile de la terre change-t-il de cap idéologique ? Les voici sans argent, sans voiture, sans personnel, sans palais et sans fonction. Le Sénat offre, sur le plan de la sécurité de l'emploi des seniors, des garanties à nulle autre pareilles puisque ce sont de grands électeurs, notables eux aussi et non pas des électeurs de la base, qui décident du palmarès de chaque scrutin. Qualifiés avec raison de « plus beau club de France », la Chambre haute fonctionne à coups de cooptations amicales et de renvois d'ascenseur. Ainsi l'élu, qui a légiféré sur l'âge de la retraite imposé à tous les travailleurs et même aux grands responsables des entreprises nationales, s'est-il exclu, une fois encore, de cette obligation comme il l'avait fait sur le plan fiscal, en se votant des abattements scandaleux (aujourd'hui abrogés) ou en s'octroyant aux postes ministériels la disposition, sans comptabilité et sans contrôle, de billets tout neufs acheminés, à chaque fin de mois, par la Banque de France sous le qualificatif de moins en moins mérité de fonds secrets. Un ancien président de la République ou un ancien Premier ministre bénéficient à vie d'une partie des avantages qu'ils possédaient lorsqu'ils exerçaient leurs hautes fonctions et de postes élevés au sein des instances des partis qui leur garantissent confort et considération. Ceux-là, qui ont servi de cochers au char de l'Etat, ne détellent jamais.

Je serais injuste en ne mentionnant pas le privilège de durée qu'une société qui, paraît-il, lit de moins en moins octroie aux littérateurs et assimilés. Mais ceci explique sans doute cela. L'écrivain célèbre, reconnu, appartenant à des jurys littéraires importants et, si possible, académisé Quai Conti ou Place Gaillon, a le droit de publier jusqu'à son dernier souffle et même souvent après lorsqu'il laisse à sa veuve des tiroirs bourrés de manuscrits. Les avis divergent sur ces travaux à perpétuité. Pour les uns, comme le regretté Michel Audiard, « on peut continuer à faire paraître des bouquins longtemps après être devenu gâteux » ; pour les autres, qui se sont penchés sur l'activité intellectuelle des seniors à l'aide de tous les moyens d'investigation dont s'est dotée la science moderne, le cerveau ne connaît aucune dégénérescence (à condition d'avoir évité les maladies d'Alzheimer et de Parkinson ainsi que les accidents vasculaires cérébraux). A la théorie, longtemps soutenue par d'éminents savants, selon laquelle les neurones commençaient à disparaître dès l'âge de vingt ans, s'est substituée une autre hypothèse selon laquelle les anciens neurones sont remplacés par des nouveaux, moins nombreux mais plus performants. Sur le plan artistique, les spécialistes les plus pessimistes notent que les processus créatifs déclinent à partir de quarante ans. Mais certaines exceptions brillantes confirment la règle qui ont noms Victor Hugo, Paul Valéry ou — plus près de nous — Jean Dutourd, Robert Sabatier, Jean d'Ormesson, Henri Troyat. Ceux-là, que j'ai eu la faveur d'approcher, se comportent comme des athlètes du stylo dont l'âge n'a pas entamé l'ardeur apportée au culturisme graphique qu'ils pratiquent, chaque matin, entre sept heures et midi.

Les paramètres de la longévité audiovisuelle sont très différents. Si à la radio les voix ne vieillissent pas, il n'en est pas de même à la télévision pour les visages. Les rides sont très dissuasives sur un support où la priorité est de plus en plus accordée aux visages et aux idées lisses. C'est pour cette raison morphologique que les gros apparaissent plus longtemps que les maigres sur les petits écrans. Mais le jeunisme sévit sous quelque nom qu'on lui donne et les générations montantes sont fortement sollicitées, même si elles ne montent pas très haut ni très longtemps. L'« effet *Loft Story* » a renforcé chez la plupart des producteurs de programmes (même ceux des chaînes du service public) la conviction que, pour capter l'attention de la jeunesse, de plus en plus recherchée au nom des annonceurs par les publicitaires, il fallait faire appel à des moins de trente ans, de préférence sans aucun passé. Les « dinosaures », comme Jacques Martin, ont été priés de s'éloigner. Les presque seniors, comme Michel Drucker, survivent grâce à une forme physique soigneusement entretenue. Aux approches de la quarantaine, d'excellents professionnels, comme Christophe Dechavanne ou Nagui, connaissent des traversées du désert. La meilleure recette pour durer à la télévision serait de parvenir à se situer dans le peloton privilégié de ceux-qui-n'ont-pas-d'âge. Entreprise difficile puisque la télévision ne fait appel aux personnalités qui ont dépassé le quart de siècle que pour évoquer ou commenter un passé déjà lointain. Pour un animateur chevronné et toujours populaire, il s'agit de passer du statut d'intervieweur à la position d'interviewé. Les invitations à participer à un débat, voire à mettre en perspective les sujets qui inspirent peu les jeunes présentateurs dépourvus de références culturelles, sont aussi nombreuses que décevantes.

L'invité doit oublier qu'il est journaliste, qu'il vit de sa plume et de sa parole, afin d'apporter gracieusement sa collaboration à des producteurs payés très cher pour dénicher les talents désintéressés. Un vrai marché de dupes car les enregistrements (chez Arthur, chez Mireille Dumas ou chez Jean-Luc Delarue) durent plusieurs heures, exigent souvent un vrai travail de préparation et mériteraient une prime susceptible à la fois d'améliorer l'ordinaire et de prouver qu'on vaut encore quelque chose.

J'avoue être souvent sollicité sur des sujets qu'on estime relever de mon expérience, mais dès lors que j'émets la prétention de monnayer mon concours, je m'entends répondre qu'« il n'est pas dans les habitudes de la société productrice d'acheter des témoignages ». Faux argument auquel je réponds, en expliquant que je ne suis pas un témoin mais un professionnel des médias, que toute peine mérite salaire, que je n'ai pas demandé à être invité puisque je n'ai, au moment où on me convie, aucun produit à vendre ou à promouvoir et que, dans les pays anglo-saxons, personne n'intervient sur les médias sans être rétribué. Je pourrais ajouter, mais je n'ose pas car cela risquerait de paraître sordide, que j'ai d'autant moins de raisons de collaborer pour rien à des émissions très richement subventionnées qu'aucun de mes fournisseurs ne me fait cadeau des produits dont j'ai besoin. Ma démarche est — heureusement pour les producteurs rétifs du porte-monnaie — peu répandue. Grâce à ceux auxquels la volupté de montrer le bout de leur nez tient lieu de courage et à ceux qui se promettent d'y aller de leur couplet publicitaire, on réunit facilement un « panel » de gens connus sinon compétents et spirituels.

# 11.

## *Après soixante-dix ans, ne dites pas…*

## *Évitez soigneusement toutes ces phrases...*

« *Il n'y a qu'à me regarder pour se convaincre que 1929 fut un millésime exceptionnel...* » : Manque de modestie et de discrétion.

« *De mon temps* » : Puisque vous n'êtes pas encore mort, vous faites partie, comme les autres contemporains, de l'époque actuelle.

« *C'est un ami de cinquante ans* » : Les moins doués en calcul mental se livreront à une petite opération dont vous ne sortirez pas rajeuni.

« *On ne sait pas quoi inventer aujourd'hui* » : Même si c'est vrai, abstenez-vous de toutes les remarques désabusées qui vous positionnent comme un vieux con dont la vie intellectuelle s'est arrêtée dans les années 80.

« *Mes amis m'ont tous abandonné* » : Ce genre de constat n'attire guère de nouvelles connaissances.

« *Je ne retrouve plus les valeurs de ma jeunesse* » : C'est un peu vrai. Mais si la famille, le travail et la patrie ne sont plus autant à la mode, les Allemands qui les soutinrent durant quatre ans ne viennent plus chez nous qu'en touristes…

« *A la fin de la guerre* » : Souvenez-vous que le dernier conflit mondial s'est terminé voilà cinquante-huit ans.

« *J'ai connu mieux* » : Pensez « mieux » mais prononcez « différent ».

« *Les jeunes d'aujourd'hui* » : N'accordez jamais ces deux mots. La jeunesse est de toutes les décennies et elle passe si vite que c'est toujours parmi les anciens jeunes que se recrutent les vieux cons.

« *Je perds parfois la tête* » : Ne donnez pas d'idées aux proches qui seraient ravis de vous voir enfermé.

« *Je ne dors plus que quelques heures par nuit* » : Félicitez-vous de ne plus perdre en inutiles somnolences le temps qui vous reste à vivre.

« *Mes deux meilleurs copains de lycée sont devenus l'un Prix Nobel, l'autre grand-croix de la Légion d'honneur* » : Loin de vous accorder une place de choix dans la société, cette flatteuse référence met cruellement l'accent sur votre modeste carrière de sous-chef de bureau et sur votre croix de chevalier de l'ordre national du Mérite.

« *André Gide me disait toujours* » : Certes, le « toujours » implique une vraie familiarité et des rencontres répétées mais l'auteur de *Paludes* a disparu depuis trop longtemps pour que son amitié soit plus appréciée par les générations montantes que celle que vous auriez entretenue avec Socrate ou avec Louis XIV.

« *J'ai trouvé un ravissant caveau au cimetière de Montmartre* » : Ayez conscience qu'on ne peut pas intéresser à la fois les marbriers et les jeunes femmes sauf à ce que ces dernières aient les mêmes arrière-pensées que les marbriers.

« *Mes arrière-petits-enfants* » : Cette précision familiale mérite d'être passée sous silence quand vous n'êtes pas en présence de gens pourvus d'une descendance identique.

« *Ma pauvre femme* » : Par respect humain, gardez-vous d'évoquer la difficile condition matérielle de votre future veuve.

« *Je ne comprends rien aux films qui sortent et aux livres qui paraissent* » : Alors relisez les classiques.

« *J'ai relu une oraison de Bossuet* » : Cela ne fait ni jeune ni gai. Signalez donc que, dans votre bibliothèque, Bossuet et Dard font excellent ménage.

« *Rien ne m'intéresse* » : C'est faux puisque ce constat désabusé est le fruit de l'attention que vous portez à votre petite personne.

« *Tout est devenu vulgaire, grossier et scatologique* » : Souvenez-vous de la carrière du pétomane, des flatulences allumées dans les chambrées et des histoires pipi-caca qui vous divertissaient tant avant que vous ne contrôliez moins bien vos besoins naturels.

« *Je ne ferai pas de vieux os* » : Pessimiste et inexact puisque votre squelette vous survivra très longtemps.

« *Toutes ces petites jeunes filles qui se baladent à poil* » : Détournez votre regard, vieux cochon.

« *C'est triste de ne plus se chercher de partenaires que pour le bridge* » : Songez au général de Gaulle qui est mort devant une réussite qui ne devait plus rien à son destin.

« *Ma disparition fera le bonheur de beaucoup de gens* » : Surtout de ceux auxquels vous tenez trop souvent ce genre de propos.

« *Il y avait davantage de soleil du temps du Général* » : Bien que Jospin n'ait pas beaucoup plu dans le Nord, c'est dans la Somme qu'on a enregistré le record des inondations.

« *Je n'ai pas la télé* » : Si c'est vrai, vous êtes déconnecté du siècle. Or une vie intérieure ne remplace pas l'existence de tous les hommes.

« *Je n'ai plus les mêmes performances qu'à vingt ans* » : C'est votre faute. Si vous n'aviez pas fait autant de sport dans votre jeunesse, vous ne seriez pas aussi fatigué dans l'âge mûr.

« *Les femmes ne me regardent plus* » : Annoncez par un badge accroché à la boutonnière le montant de votre retraite.

« *J'étais témoin au deuxième mariage d'Eddie Barclay* » : Et pourquoi pas soldat à Marignan en 1515 ?

« *S'il était encore de ce monde mon pauvre père aurait cent vingt ans* » : Et Napoléon deux cent trente-trois printemps.

« *Je n'ose plus me regarder le matin dans le miroir de la salle de bains* » : Osez, Dieu a transformé en grâce d'état la baisse progressive de la vue.

« *Desproges et Coluche ne me font pas rire* » : Ingrat ! Vous les auriez beaucoup divertis.

« *Je ne sais toujours pas nager* » : Si l'on excepte le *Titanic*, la natation sert peu dans les croisières du troisième âge.

« *J'ai eu les plus belles femmes et les plus jolies voitures* » : L'important n'est pas d'avoir mais d'avoir eu. Les souvenirs constituent les dividendes des dépenses déraisonnables.

« *Cela me rassurerait de croire en Dieu* » : Il y a davantage de pharmaciens susceptibles de vous vendre du Valium que d'ecclésiastiques capables de vous donner la foi.

« *Je m'économise* » : Inutile. Votre dernier capital aura sans doute fondu avant la prochaine dévaluation.

« *Le sexe ne m'intéresse plus* » : Que le mot passe encore de votre esprit à vos lèvres tendrait à prouver qu'il n'en est rien.

« *Il n'y a plus de saison, plus de raison, plus de moralité* » : Votre garde-robe, votre sagesse et votre comportement attestent le contraire.

« *Après moi le déluge !* » Propos méchant, vindicatif et égoïste. Pensez à la terre détrempée sur laquelle flottera votre cercueil.

« *Aujourd'hui tout tourne autour du pognon et du cul* » : Et hier ?

« *Depuis que je suis sourd, j'entends moins de conneries* » : Dommage qu'au malentendant rien n'échappe que ses propres propos.

« *Je vous enterrerai tous !* » Et qui alors creusera votre fosse ?

« *La vie m'a tout apporté* » : C'est une provocation qu'il vaut mieux éviter à la veille de tout perdre.

« *Avant soixante ans, on sait rarement faire l'amour* » : A condition d'ajouter : « Après on sait, mais on ne peut plus. »

« *Les gamines raffolent de moi.* » Dites plutôt : « Je croise de plus en plus de petites chômeuses. »

« *Je suis désespéré de vieillir* » : C'est quand même moins désespérant que de mourir jeune.

« *J'ai perdu l'année dernière ma pauvre femme* » : N'insistez pas. Les asticots s'occupent mieux d'elle que vous ne vous en préoccupiez.

« *J'ai mal partout* » : Si vous souhaitez être pris au sérieux, faites un tri.

« *A quelle époque vivons-nous ?* » Si vous vous posez la question, c'est que vous êtes vraiment gâteux.

« *Je suis un enfant de Madame Bovary et du Père Goriot.* » Dites : « Je suis en train de découvrir Internet. »

« *Loana est une pute hertzienne.* » Dites : « Cette jeune femme a enfin trouvé le bonheur qu'elle méritait. »

« *Je ne regarde jamais la télévision.* » Dites : « Ma télé est en panne. Mais je monte sur la commode pour lorgner ma voisine dans sa salle de bains. »

« *Je ne comprends pas pourquoi une jeunesse allergique aux travaux de la terre va passer ses week-ends dans les champs.* » Dites : « Je plains ces amateurs d'inconfortable betterave party. »

« *Soixante-dix ça devient sérieux.* » Dites : « Je me refuse à entrer dans la spirale satanique qui accorde une valeur spéciale aux chiffres ronds. »

« *La littérature française est morte à la fin du XIX*^e^ *siècle.* » Dites : « Plus je lis Sollers plus j'admire Hugo. »

« *J'ai connu une arrière-grand-mère qui avait connu Napoléon III.* » Dites : « J'ai fréquenté la même école que Zizou. »

« *Je jouis d'une excellente santé.* » Dites : « Je ne sais toujours pas de quoi je devrai mourir. »

« *Je ne comprends rien aux bouquins de Michel Houellebecq.* » Dites : « Il y a parfois des choses qui m'échappent. »

« *Je pourrais être votre grand-père.* » Dites : « Vous avez presque l'âge d'être ma fille. »

Enfin ne dites surtout pas : « *On creuse sa tombe avec sa fourchette.* » Cela ferait perdre leur gravité aux fossoyeurs.

# 12.

# *Des rituels facultatifs…*

Le senior doit, pour éviter les psychoses risquant de dégénérer en névroses dont le menace une conscience trop aiguë de son âge, définir assez tôt la meilleure attitude à adopter face aux rituels proposés par la société en général ainsi que par les familles, les notaires, les marbriers et les entrepreneurs de pompes funèbres en particulier.

L'anniversaire, s'il demeure une excellente occasion de réunir des êtres chers autour de soi, n'en suscite pas moins des interrogations à partir du moment où, selon la belle formule de Thierry Le Luron, « les bougies coûtent plus cher que le gâteau ». L'anniversaire est, au soir de la vie et par définition, très répétitif. Les proches ne savent plus quoi offrir à un centenaire qu'on a déjà précédemment gratifié d'un sonotone et d'un dentier. La célébration elle-même pâtit d'un cérémonial aussi immuable qu'infantile : le *happy birthday to you* qui constitue un mauvais coup porté à la culture française ; le gâteau qui recèle dans ses flancs des promesses d'obésité et sur son faîte des bâtons de cire souvent rebelles à l'allumage puis dont la flamme tremble comme une vie au bord de l'extinction, que les ménagères les plus économes remplacent, au-delà de la trentième année du commémorable, par un symbole unique ; l'obligation de souffler tout seul des bougies qui refusent alors de s'éteindre et les applaudissements censés saluer une capacité thoracique variable et qu'on immortalise par une photographie collée sur l'album familial avec la simple mention « 80 ans de Grand-Père ». Avouez qu'on oublierait sa date de naissance pour moins que cela.

Or, rien ne permet mieux de ne pas s'angoisser de compter une année supplémentaire que de faire l'impasse sur ce rituel. Ou mieux encore : d'inviter toute sa petite famile avec la consigne « ni vœux ni cadeaux » qui préludera à l'ultérieur « ni fleurs ni couronnes ». N'y a-t-il pas quelque cruauté à rappeler à un nouveau septuagénaire qu'il vient de changer de décennie ? Et ne faut-il pas une certaine dose d'inconscience, lorsque la carcasse commence à prendre l'eau et l'esprit à donner de la bande, pour célébrer avec faste et réjouissance son propre naufrage ? Sachant qu'on n'a l'âge de son anniversaire que le jour même, puisqu'on ne l'avait pas la veille et qu'on ne l'aura plus le lendemain, je conseille vivement d'éviter — une fois l'an — la commémoration d'une venue au monde qu'on devrait limiter aux cinq premières décennies de l'existence. Mais il faut compter avec les exigences de certains seniors masochistes, avec le zèle affectueux des enfants et des petits-enfants, avec la pression très forte des pâtissiers et des marchands de cravates. J'ai renoncé personnellement aux agréments de ce jour afin de supprimer les désagréments des jours qui précèdent. Moins on parle du temps qui passe et mieux il passe. Plus on feint de croire que le grand-père est jeune et moins il se sent vieux. On devrait s'inspirer de l'exemple donné par de nombreuses femmes qui, par coquetterie, ne consentent à prendre un an que de temps à autre ou, selon le mot de Sacha Guitry, « qui vivent leurs dix plus belles années entre trente-neuf et quarante ans ». Alors, de grâce, lâchez-nous les bougies et offreznous sinon la fête, qui réveille les vieux démons de l'inquiétude physique et de l'angoisse métaphysique, du moins l'oubli de la fête qui autorise à croire qu'on échappe à l'emprise du temps.

Le testament constitue une autre occasion de « prendre un coup de vieux » puisqu'il consiste à « mettre en ordre ses affaires » avant de passer l'arme à gauche. Certes, on peut rédiger ses dernières volontés en pleine santé. Les exemples ne manquent pas de documents qu'il faut remettre plusieurs fois sur le métier parce que les héritiers ont disparu avant le testataire ou que ce dernier a disposé de plusieurs années pour réestimer l'affection de ses proches. J'ai dû, quant à moi, résister plusieurs fois à l'invitation de notaires amis qui me conseillaient cet article mortuaire afin que je puisse régler mes derniers comptes avec la vie tandis que mes héritiers régleraient des honoraires à leurs études. Je m'en suis sorti en passant au régime de la communauté universelle et en renonçant au régime matrimonial sans contrat de mariage, au terme duquel les époux sont détenteurs à égalité du patrimoine et où, à la disparition de l'un des deux, le survivant voit son malheur augmenter avec la nécessité d'un partage (souvent confiscatoire) entre lui, le fisc et les autres ayants droit. Rien n'est plus triste que de voir une veuve qui n'a plus que ses voiles pour pleurer, ou de penser qu'un veuf, qui a longtemps plastronné à l'aide de la vieille blague « Quand l'un de nous deux mourra, je me retirerai à la campagne », n'a plus les moyens non seulement d'envisager l'achat d'une résidence secondaire mais encore de continuer à habiter une résidence principale dont l'administration lui intime de procéder à la vente afin de régler les frais de succession.

La communauté universelle exige une procédure un peu complexe puisqu'elle exige l'accord des enfants et le passage devant un juge. Relevant pour ceux qui y sont opposés à la fois de la politique de l'autruche et d'« après moi le déluge », elle offre l'avantage d'accorder au dernier vivant la totalité de l'héritage et de repousser de quelques années l'acquittement de la douloureuse fiscale. Ainsi, le démembrement d'un patrimoine ne se produit-il pas avant la disparition des deux époux qui l'ont constitué.

Si l'on laisse un testament, on a le choix entre une rédaction très sèche du genre : « Je lègue tout ce que je possède à ma femme, à mes enfants ou à la Société protectrice des animaux » (rayez les mentions inutiles qui peuvent varier au cours des années) et une écriture plus élaborée qui tient compte du cérémonial d'ouverture, quelques jours après l'inhumation, chez l'officier ministériel à qui on a confié l'enveloppe fatidique, sur laquelle on a tracé d'une main résignée la formule qui n'a jamais consenti à s'échapper de mon stylo : « A n'ouvrir qu'après ma mort. » La famille est accueillie par le tabellion, qui prodigue machinalement ses condoléances, avant de faire asseoir devant lui ceux qui ne sont encore que des héritiers présomptifs. S'agissant d'un texte lu à haute voix, comme un ultime adieu, le testataire peut profiter de l'occasion pour jeter quelques vérités premières dans les noirs tabliers de sa descendance endeuillée ou pour envoyer quelques dernières vannes. La première méthode a le mérite de prendre une certaine altitude avant d'en venir aux questions bassement matérielles : « Au terme d'une existence vouée à ma famille, à mon entreprise, à l'alcool, à la débauche ou à ma collection de parapluies (rayez, là aussi, les mentions inutiles), je tiens à remercier tous ceux qui m'ont fait la vie douce avant que le Seigneur ne me la reprenne. » C'est le moment où le notaire marque une pause tandis que la veuve sollicite des glandes lacrymales qui ont épuisé leur réserve. Le notaire se racle la gorge et en vient enfin au vif du sujet qui commence par « Je lègue » et qui se termine — ultime vexation infligée au testataire que tout le monde a l'air de prendre pour un aliéné — par l'auto-attestation (sans valeur psychiatrique) qu'il est « sain de corps et d'esprit ». L'autre formule rédactionnelle ambitionne d'envoyer à chaque héritier son paquet avant de le gratifier d'une de ces « parts réservataires » que le législateur a prévues pour préserver les intérêts des enfants indignes ou pour modérer la soif de vengeance des parents vindicatifs. Le testataire, qui ouvre son cœur avant qu'on ouvre son coffre, a le droit de ne pas y aller de main morte sachant que la loi oblige le notaire, souvent friand de ces instants de vérité, à ne pas sauter un mot de ses dernières volontés : « Je quitte cette terre sans regret avec l'espoir qu'une famille, qui ne m'a pas compris de mon vivant, ne viendra pas troubler mon repos après ma mort. J'aurais souhaité vous déshériter tous. Hélas pour moi et heureusement pour vous, cela n'est pas possible mais je voudrais que vous sachiez que j'éprouve, en cette minute, beaucoup plus de peine que vous et ce à la pensée que vous allez disposer d'une fortune que vous avez si peu méritée. » On peut aussi, de façon plus gaillarde et moins méchante, prévoir une dotation spéciale pour le repas très arrosé qui, chaque année, sera organisé à la mémoire du trépassé et même ajouter une petite somme à l'intention d'une dame, inconnue au bataillon familial, mais dont les affectueuses prestations ont aidé à oublier la pesanteur des liens du sang.

C'est souvent dans les codicilles que se réfugient — *in cauda venenum* — la vraie personnalité et les petits secrets du disparu. Après l'attribution des maisons, du portefeuille boursier et du compte en banque vient en effet la distribution des objets familiers, parfaitement compatible avec une légère mise en boîte. Du genre : « Je lègue ma montre en or à Jean-Louis qui, pendant quarante ans, n'est jamais arrivé à l'heure à un déjeuner. » Ou bien : « Ma bibliothèque ira à ma femme. Je lui recommande les œuvres complètes de Voltaire avec la correspondance sur lesquelles elle pourra reposer ses mollets variqueux tandis qu'elle s'active à son tricot. » Certains objets, souvent de peu de valeur, doivent être considérés comme les symboles personnels du disparu et, à ce titre, aller à des destinataires bien choisis. On récompensera les trente années de dévouement d'un jardinier illettré en lui offrant un stylo en or tandis qu'un petit enfant de trois ans recevra avec ravissement la pelisse mitée acquise en 1935. Je ne puis évoquer les petits cadeaux collatéraux à l'héritage sans penser à une histoire très personnelle qui me poursuit depuis plus d'un demi-siècle. J'avais dix-huit ans lorsque j'ai perdu un grand-père que j'aimais beaucoup et qui me le rendait bien. Dès le lendemain de sa mort, ma mère jugea opportun de m'attribuer sans plus attendre deux superbes boutons de manchettes en or retrouvés dans le tiroir de sa table de nuit. Savait-elle que j'avais admiré ces bijoux encore plus que le grand-père et que — je l'avoue à ma grande honte — l'idée de les posséder un jour m'avait plusieurs fois effleuré ? En tout cas, elle ne pouvait deviner à quel point mes états d'âme au cimetière en seraient bouleversés. Je ne regardais plus la famille rassemblée, ni le cercueil du défunt, ni les couronnes ceinturées par des rubans violets sur la suscription desquels on avait longuement débattu chez le fleuriste, mais les boutons de manchettes qui scintillaient à mon poignet, comme le symbole d'une opulence que je n'étais pas près d'obtenir et comme un raffinement parfaitement incongru sur le poignet d'un adolescent.

Il existe deux façons de régler ses obsèques : dans le détail et en espèces. Parfois seulement dans le détail. Les gens d'un certain âge, qui répugnent à faire un testament « parce que ça porte malheur », n'acceptent pas davantage de se préoccuper de l'ordonnance d'une cérémonie où ils joueront le rôle central mais muet de *sleeping partner*. Ils pensent, non sans raison, que l'organisation de ces festivités macabres doit être laissée à la décision voire à la générosité des survivants. D'autres, qui possèdent le goût de l'anticipation méticuleuse et qui n'ont rien laissé au hasard durant toute leur vie, entendent continuer à exercer leur autorité au lendemain de leur mort. D'autres, enfin, ne prévoient pas sans une certaine délectation morbide l'organisation de leur dernière promenade et les accessoires qui les accompagneront dans l'éternité.

Le rituel des obsèques s'est simplifié qui n'affiche plus sur la façade de la maison habitée par un défunt de grandes tentures brodées d'argent et frappées par la première lettre de son patronyme. Le corbillard hippomobile a pratiquement disparu. Le cérémonial s'est allégé sauf dans les familles pour lesquelles la manière d'enterrer un proche constitue, au choix ou à la fois, un signe d'affection et un signe extérieur. Il faut d'abord régler les problèmes de conditionnement : cercueil capitonné ou non (mais le grand repos est toujours assuré) ; poignées d'argent massif (du tape-à-l'œil qui disparaît au fond de la fosse en même temps que le mort) ; plaque gravée avec prénoms, nom et dates de l'existence qui vient de prendre fin ; crucifix ou autre emblème religieux. À quoi il faut ajouter les objets dont certaines familles croient utile de munir le partant pour son voyage dans l'au-delà. La légende tenace qui veut qu'Anatole France ait été enterré avec la petite culotte de Mme de Caillavet, sa tendre amie, ou qu'à côté de la tête de Blaise Cendrars on ait déposé un ballon ovale pour rappeler combien il aimait le rugby, a sans doute ses origines dans l'Antiquité égyptienne où l'on glissait dans le sarcophage des papyrus érotiques destinés à distraire le cadavre. A une personne ayant appréhendé d'être enterrée vivante après avoir lu des récits de croque-morts qui, lors d'exhumations à des fins de « réduction », avaient soi-disant observé de furieuses traces d'ongles à l'intérieur du couvercle, on offrira le dispositif mis au point par un ingénieux bricoleur sous la forme d'un téléphone portable branché automatiquement sur le poste du conservateur du cimetière. Avec, moyennant un léger supplément, le déclenchement d'une sirène d'alarme et le lancement d'une fusée de détresse à partir de la pierre tombale.

Le choix du bois du cercueil est très important s'il ne s'agit pas d'un rituel sacrifiant à l'incinération.

Le chêne massif et ciré coûte cher mais il est solide et empêchera autant les prédateurs extérieurs d'y entrer que la faune parasitaire d'en sortir. Le nombre de porteurs, la solennité de l'ordonnateur, la marque du corbillard ainsi que le confort des voitures d'accompagnement doivent faire l'objet d'un devis, voire d'une mise en concurrence. La facture risque d'être élevée, surtout lorsque le dernier caprice du mort fixe le lieu de son dernier repos à plusieurs centaines de kilomètres de l'endroit où il a exhalé son dernier souffle. On pourra toujours rêver des confréries qui, depuis le Moyen Age dans certaines localités du Nord, se donnent pour mission de porter en terre gratuitement le *de cujus.* On ne doit pas oublier non plus l'achat d'une concession (à perpétuité ou pour quelques années seulement), la rémunération des fossoyeurs, la petite note du maçon et les honoraires du marbrier. La mort fait vivre beaucoup de monde. Et les factures qu'on présente çà et là aident à oublier qu'en même temps qu'un être fait de chair et de sang, on enterre un pouvoir d'achat.

La recherche d'un cimetière bien situé peut occuper les dernières années d'une vie. Il s'agit alors d'une véritable maraude immobilière tenant compte d'une localité desservie par le TGV, d'une nécropole offrant quelques promiscuités flatteuses, d'une bonne situation de la tombe par rapport à la porte centrale et, si possible, d'un environnement verdoyant mais, dans ce domaine, nous avons encore beaucoup à apprendre des Américains. Les derniers symboles d'une aisance matérielle se présentent sous la forme d'une chapelle servant d'annexe au caveau de famille. Mais, là aussi, la tradition se perd comme si les riches vivants devenus des pauvres morts devaient se contenter des deux mètres carrés que la loi prévoit à leur usage. Les plus minutieux choisiront les caractères de leurs nom et prénom, feront graver sans plus attendre la date de leur naissance en attendant celle de leur « décès » (on évite d'évoquer la mort comme si ce mot portait la poisse) et rédigeront les faire-part en mentionnant la survenance du trépas non pas en fonction de leur dernier anniversaire mais de l'année de vie qu'ils avaient atteinte, obtenant ainsi un sursis d'existence terrestre de plusieurs mois, de la même façon que les Chinois s'approprient les neuf mois de leur fabrication utérine.

Vient ensuite la partie religieuse — ou non — des obsèques. Si l'on est libre-penseur, athée et anticlérical, on se contentera d'une cérémonie laïque sachant qu'elle sera encore plus triste que les autres, très courte et, en tout cas, sinon privée d'éloge funèbre, du moins de l'accompagnement musical qui, dans les cathédrales, rappelle que les grands compositeurs ont infiniment plus de talent que les petits curés. Si l'on est juif ou musulman, on ne passera pas par la synagogue ou par la mosquée mais un rabbin ou un imam récitera quelques prières sur la tombe.

Le vrai problème d'organisation se pose souvent en France, fille aînée de l'Eglise, lorsqu'il s'agit d'une famille catholique. Si la religion réformée pratique également l'austérité dans ce domaine, l'Eglise apostolique et romaine autorise et encourage les fastes les plus inégalitaires. La cérémonie relève alors d'un certain exhibitionnisme mondain et culturel, qui rassemble des personnalités connues, qui mobilise musiciens et choristes, et qui se transforme en concert parce que le Papa ou la Maman raffolait de Buxtehude ou de Fauré. Une grande cérémonie peut durer plus de deux heures, donner lieu à l'établissement d'un programme distribué avant le début de la messe et constituer un véritable spectacle qu'eût adoré le défunt. Quelque soin qu'on apporte à l'événement et quelque somme qu'on lui consacre, la partie la plus faible se situe généralement au niveau de l'évocation de son involontaire héros. Bossuet a disparu après que Madame est morte et l'art oratoire a trépassé depuis longtemps. Au point que blasés par la répétitivité de leur mission, les desservants modernes ânonnent leur prêt-à-prier et, au moment de retracer la vie et le caractère de celui que le Seigneur a rappelé à Lui pour l'asseoir à sa droite (« la place du mort », disait Desproges), lisent de lamentables pensums dépersonnalisés, sans style, sans chaleur et sans intérêt. Un futur gisant bien organisé aura donc intérêt à écrire — ou à faire écrire par un auteur talentueux — tout le bien qu'il pensait de lui-même afin qu'on ne passe pas par pertes et profits les dons multiples prodigués par les fées à sa naissance, les bonnes actions dont il a semé son parcours, et le message qu'il entend faire passer aux générations futures. Faute de quoi il entendra (façon de parler) un ecclésiastique, rien moins qu'inspiré, enfiler des banalités glanées dans l'opuscule de conseils divers remis par l'évêché le jour de son ordination. A cette enseigne-là, un mort n'est pas un juste mais un peu juste ou injustement traité. Une vie ne va jamais sans grandeur, sans dévouement et sans enseignement. Encore faut-il avoir eu la curiosité de la connaître et la volonté de la sublimer.

J'avoue, au terme de ce chapitre, qui n'ambitionne que d'anticiper avec sérénité, et sans renier son esprit critique, la dramaturgie du grand départ, que plusieurs des positions exprimées sont purement subjectives et ne correspondent sans doute pas à la majorité des comportements observés en temps de deuil et sous l'abri des contingences. Le savoir-mourir est infiniment plus délicat que le savoir-vivre. Il procède du caractère et des ambitions de l'individu qui, au moment d'abandonner définitivement la collectivité des vivants pour celle des morts, est tenté de peaufiner l'image qu'il donnera de lui. Tout le reste est affaire de passé, de culture, de religion, de foi et de fortune. Bref, chacun voit l'éternité à sa porte.

13.

## *La belle vie, je la connais…*

J'ignore ce que l'avenir me réserve. Mais j'aurais mauvaise grâce à me plaindre du passé. Et même d'un présent qui n'a rien changé à mon rythme de vie et de travail, à mes ambitions, à mes amours, à mes enthousiasmes, bref à mon tonus. La belle vie, je la connais puisque ce que l'existence m'a apporté avant soixante-dix ans, elle ne me l'a pas confisqué après.

Je viens d'avoir soixante-douze ans. Age certain plus que certain âge. Or, au matin de chaque jour nouveau qui m'est accordé, j'éprouve l'impression grisante non pas que tout continue mais que tout recommence. Bien sûr, mon témoignage est fondamentalement subjectif puisqu'il concerne ma propre existence. Mais il est aussi entièrement objectif puisque je sais que mon cas est loin d'être unique.

Je suis entouré de septuagénaires qui font feu des quatre fers, d'octogénaires qui n'ont baissé ni les bras, ni la tête, ni le reste et de nonagénaires qui, par coquetterie, refusent de préciser l'année de leur naissance. Tous ces seniors respirent à pleins poumons l'air d'un troisième millénaire qui, dans leur jeunesse, leur semblait aussi inaccessible que la ligne d'horizon. Ils n'ont aucun problème pour dater leur courrier, pour libeller leurs chèques en euros et pour envoyer des e-mails sur le net. Chaque virage de la civilisation les trouve attentifs, innovants, à l'affût de tous les progrès, prêts à toutes les reconversions. Leurs projets se conjuguent toujours au futur. Ils montent une garde vigilante derrière tous les créneaux de la citadelle moderne de la consommation. Ils investissent dans les médias les plus branchés, dans le show-biz le plus échevelé, dans le téléphone mobile. Et, surtout, ils font confiance à la jeunesse parce qu'ils savent qu'elle est porteuse d'espoirs, d'idées et de talents.

La belle vie, je la connais. Je profite de tous ses plaisirs comme lorsque j'avais trente ans. A ceci près qu'aujourd'hui, je suis conscient de mon bonheur. Pendant quatre décennies, j'ai bénéficié des joies qu'apportent l'amour, la famille, le travail, l'aisance sans m'aviser que rien ne m'était dû et qu'à chaque manifestation de sa bienveillance, je devais remercier la Providence du sort qu'elle m'avait réservé. Je savoure désormais pleinement la saveur d'un baiser, l'excellence d'un vin, le raffinement d'un plat, la beauté d'un panorama, le sublime d'une symphonie en même temps que ce privilège de travailler toujours autant, comblé à la pensée qu'on a encore besoin de ma plume, de ma voix, de mon expérience, de mes services. Volontaire pour toutes les aventures, avide de nouveaux défis, je me projette dans l'avenir au lieu de me retourner sur le passé.

Mon témoignage tient en quelques mots simples que je souhaite à mes contemporains de pouvoir aligner : j'ai soixante-douze ans, je suis amoureux en ayant toutes raisons de me croire payé de retour et, cette année encore, je n'ai pas pris un jour de vacances, continuant à occuper le terrain de la presse, de la radio, de la télévision et de l'édition. Adepte, comme tous les journalistes dignes de ce nom, de la formation permanente, je baigne grâce à mes filles et, surtout, à mes quatre petits-fils dans un bouillon de culture moderne. Chaque repas pris en commun m'approvisionne en précieuses informations sur des réactions, des engouements et des tendances qui conditionnent à la fois la prospérité du commerce de détail et nos principaux problèmes de société. Ma part d'enfance qui, en dépit de toutes les mutations générales et personnelles, n'a pas diminué en moi est à ce prix-là.

La poursuite de ma vie sentimentale, elle, me fait obligation de surveiller mon poids, mon alimentation, ma présentation générale, ma façon de m'habiller, mes propos. A l'état de vieillesse, j'ai dû substituer l'état de veille, plus gratifiant mais plus fatigant. Avec, en filigrane, cette évidence de tous les instants : on ne peut faire oublier son âge qu'en évitant de s'en souvenir soi-même. La disparition des signes de respect et des marques de courtoisie longtemps prodigués aux seniors favorise cet exercice de salubrité mentale.

L'activité tous azimuts constitue rarement une solution de facilité, surtout à une époque où le travail est passé de mode. Encore que le laxisme des uns encourage les autres à une occupation prolongée du terrain. La belle vie, je la connais donc bien et je m'évertue à lui rendre en confiance les bonheurs qu'elle persiste à m'offrir.

# 14.

# *Elémentaire, mes chers seniors…*

La machine humaine ressemble aux autres machines. Elle exige donc un entretien régulier et qu'on fasse appel à une maintenance qualifiée. Les révisions doivent être semestrielles, à la suite desquelles on décide parfois qu'il y a lieu de procéder à un échange standard d'organes défectueux ou, plus simplement, à un changement de carburant, c'est-à-dire d'alimentation, voire de médication. Ces examens périodiques, qui aident à analyser tous les paramètres du tableau de bord, sont très larges qui vont du dosage du cholestérol à l'effet Doppler, qui suit les méandres de la circulation sanguine, en passant par le PSA qui renseigne presque autant qu'un toucher rectal sur l'état de la prostate, sans oublier la vitesse de sédimentation ou la résistance des os. La revue de détail commence le plus souvent par une prise de sang effectuée à jeun et s'achève par la réception des résultats, au terme desquels le candidat au passage dans la classe d'âge supérieure voit s'il a des chances d'être déclaré admissible en comparant les notes qu'il a obtenues avec l'éventail de celles — du minimum au maximum tolérables — que le laboratoire fait figurer en exergue. Et sachant que la seule interprétation valable est celle, non pas du patient, mais du praticien.

L'électrocardiogramme, accompagné de la prise de tension, constitue l'autre volet important de la maintenance. L'instantanéité de ce système de mesure en fait un indicateur sérieux mais parfois aussi fluctuant qu'un sondage d'opinions. Le spécialiste doit prendre en compte l'appréhension de l'examen et le rythme des heures qui ont précédé. Un mauvais électrocardiogramme ne signifie pas davantage un arrêt de mort qu'un bon assure qu'on est à l'abri de tout incident. La coronographie paraît, en ce domaine, le moyen le plus affiné pour le cardiologue de partir à la découverte interne d'un organisme afin de s'assurer que son propriétaire n'a pas encore brûlé tous ses vaisseaux. Pratiquée sans anesthésie et en pleine conscience, la coronographie peut être suivie sur l'écran de contrôle par le corps présumé malade en même temps que par le corps déclaré médical.

Cette surveillance attentive et régulière débouche généralement sur la mise au point d'un cocktail de « médicaments de croisière » qui apportent quotidiennement leur ration de calcium et de vitamines. Un bon régime alimentaire fait le reste, encore que, dans ce domaine, il convient moins de chercher la formule universelle miraculeuse que la formule personnelle convenable. A la dangereuse mode des coupe-faim a succédé la mode des gélules « accompagnatrices » d'une restriction alimentaire. La balance sanctionne chaque matin la procédure adoptée, mais la bataille contre les kilos superflus est un combat qui ne doit jamais s'arrêter. Si l'on dépose les armes, fût-ce une seule semaine, le naturel revient au galop et la nature, qui a également horreur du vide de l'estomac, se venge en reprenant à la première occasion ses habitudes expansionnistes. Le diététicien idéal est un praticien étroit de taille (pour vous donner le bon exemple) et large d'idées (pour ne pas vous ôter votre joie de vivre). Le poids idéal, lui, ne se détermine plus strictement comme par le passé en fonction de la taille mais en s'évertuant à ce que le surchargé pondéral se sente bien dans sa peau sans imposer aux organes vitaux une tâche insupportable. On s'en fait un monde avant d'aller du projet à l'acte mais la suppression des graisses et des desserts, par exemple, passe comme une lettre à la poste pour peu qu'on soigne la préparation des mets et qu'on se motive par l'idée qu'il vaut mieux rester sur la robuste saveur du plat de résistance que de terminer son repas avec les douceurs, un peu mièvres, d'un paris-brest ou d'une crème brûlée.

Parmi les autres précautions élémentaires, mes chers seniors, n'oubliez pas, si vous avez succombé durant quelques décennies à leurs blandices, la suppression du tabac et de l'acool, substances nocives qui doivent leur succès chez les jeunes à l'envie de paraître adultes et à la sublimation de dépendances dans lesquelles poètes visités et intellectuels éminents ont assuré trouver leur inspiration. Or, il est médicalement prouvé que des organes aussi essentiels que les poumons et le foie sont directement menacés sans qu'on soit parvenu à la certitude artistique que les fumées, engendrées par l'herbe à Nicot et par les produits de la distillation, favorisaient l'éclosion du talent et du génie.

En revanche, le vin apparaît comme une précieuse jouvence recommandée à la fois par les médecins et par les sommeliers. Surtout le vin de Bordeaux au tanin salvateur qui éloigne les accidents cardio-vasculaires et dont les polyphinos ont une action antioxydante. Les remèdes dits « de bonne femme » sont omniprésents dans la diététique moderne et, en premier lieu, l'ail qui endommage l'haleine mais qui soutient le cœur. Privilégiez donc le pain complet, le soja, le saumon, le yaourt et le kiwi. Les tisanes sont de nouveau à la mode, les légumes ont la cote d'amour et les herbes, dont on parsème les salades, ont pris la relève des épinards chers à Popeye. Si vous êtes « goutteux » — signe de longévité, paraît-il — fuyez comme la peste l'oseille, les rognons, les œufs en neige et même les innocentes et juteuses tomates qui n'attendent qu'une imprudence pour s'attaquer à vos articulations. L'expérience est précieuse, dans ce domaine, qui enseigne à l'usage qu'on ne supporte pas les coquillages, les champignons ou les poivrons. Peu à peu, on apprend à se connaître, on répertorie ses faiblesses, on recense ses allergies. Il importe de composer avec les unes et les autres, sans violenter son organisme, en se souvenant que le corps humain est d'abord et surtout un lieu de transit dont les deux principaux usages ont noms remplissage et vidange, sachant que, dans les deux cas, la satisfaction d'un besoin naturel peut constituer un plaisir.

Etre bien dans sa peau et dans son corps implique une action extérieure bénéfique : un peu d'exercice physique, des vêtements dans lesquels on se sent à son avantage, des soins du visage et de la chevelure, des massages relaxants et, d'une façon générale, tout ce qui contribue — ou qu'on croit devoir contribuer, c'est la même chose — au maintien de la forme. L'oxygénothérapie (encore assez rare) et la thalassothérapie (de plus en plus galvaudée) offrent des traitements à l'efficacité variable. En matière de thalassothérapie, un personnel parfois sous-qualifié prodigue des interventions au petit bonheur de l'anatomie et sans connaissances précises. Certes, l'eau de mer recèle des principes vivifiants, mais il serait souhaitable qu'en fonction de l'entretien liminaire accordé au nouveau curiste par le médecin du centre, des prescriptions authentiquement médicales soient définies et observées. Faute de quoi on a l'impression d'être passé au jet comme une voiture.

Reste le maintien — primordial — de la forme intellectuelle qui conditionne l'état général. Il s'agit de solliciter à titre privé sa matière grise aussi souvent qu'on la faisait fonctionner à titre professionnel. Et dans ce domaine tout est bon : la lecture, bien sûr (même si l'on se contente de la collection Harlequin), mais aussi les mots croisés ou fléchés, les jeux de société (surtout le Scrabble), le bridge, les échecs et le poker qui relancent les mécanismes de l'observation, de la réflexion et de la décision. Les jeux de hasard (et principalement les machines à sous, providence d'après-midi des retraités) doivent être abordés avec prudence et circonspection car ils peuvent déboucher sur une dépendance aussi dommageable sur le plan financier que sur le plan psychologique. Il est également périlleux de « jouer au vieillard », rôle tentant pour ceux qui souhaitent ou bien se rendre intéressants ou bien interpréter un nouveau rôle. Or, on ne joue jamais au vieillard impunément. Il arrive très vite un moment où, même si l'on ne possède aucun talent de comédien, on croit à son personnage et l'on y fait croire autour de soi. La vieillesse qu'on a simulée vous rattrape comme si elle se vengeait d'avoir été défiée. Hélas ! on ne peut pas en dire autant des vieux messieurs qui jouent les jeunes gens ou des vieilles dames qui adoptent le comportement des gamines. Moralité : il faut savoir accepter l'âge qu'on a sans en amplifier les stigmates.

J'ai très bien connu — alors que nous avions vingt ans tous les deux et que nous rebâtissions inlassablement le monde en arpentant la salle des pas perdus de la gare Saint-Lazare — un jeune homme très doué dont l'ambition était de monter sur les planches afin d'interpréter les Gérontes. Pour convaincre de sa vocation ses parents, ses amis et les gens du spectacle dont il faisait le siège, Henri Virlojeux s'était composé une silhouette prématurément usée. Il marchait courbé sur une canne, chevrotait davantage qu'il ne parlait et, lorsqu'il s'agissait de séduire des jeunes filles dont il recherchait néanmoins la compagnie, il n'usait pas des viriles séductions de don Juan mais des séniles approches de Bartholo. Nous nous perdîmes de vue. Dix ans passèrent. Je le revis alors que j'étais devenu journaliste et qu'il était déjà un comédien apprécié. Avait-on besoin d'un barbon ? On pensait d'abord à ce garçon de trente ans que je soupçonnais de se teindre les cheveux en blanc et qui ne se déplaçait plus que vêtu à la mode d'avant-guerre. A quarante ans, il a commencé à avoir des problèmes de santé. Il claudiquait vraiment et la canne ne constituait plus pour lui un accessoire de scène. Sa voix, caverneuse, éraillée, tenait des propos anachroniques. On le distribuait maintenant dans les ganaches, dans les anciens combattants et, surtout, dans les centenaires dont il excellait à mimer la voussure et les tremblements. Je le rencontrais de temps à autre, toujours avec le même plaisir car c'était un garçon raffiné et charmant, mais avec l'agacement que peut procurer la fréquentation d'un ami de jeunesse qu'on n'a jamais connu jeune. Il disparut aux alentours de la soixantaine sans que personne en fût surpris tellement on l'avait catalogué comme nonagénaire podagre et usé. Je lus dans un article nécrologique qu'il avait eu une brillante conduite durant la guerre de 14, c'est-à-dire quinze ans avant d'avoir vu le jour. Il a dû s'en retourner de plaisir dans le caveau de famille dont il me parlait souvent, comme on évoque la maison de campagne dans laquelle on espère se retirer plus tard. Je pense à lui chaque fois que j'éprouve la tentation de la respectabilité. Pas plus que je n'ai été un jeune docile, je ne serai un vieux sage. Je saurai me tromper et faire des bêtises jusqu'au bout.

Je me verrais fort bien, en revanche, animer un mouvement qui, à l'enseigne des « Bergers vigilants », par exemple, assurerait en faveur des égards dus aux seniors le rôle des « Chiennes de garde » pour les droits des femmes. Tout ce qui peut être assimilé à la discrimination encourrait nos foudres : préretraite forcée, refus d'appliquer certains tarifs de faveur, vague de jeunisme, insultes, injures, mépris, agressions. A quoi s'ajouteraient aussi les publicités mensongères de crèmes rajeunissantes, les fausses jouvences, les livres qui, comme celui de Michel Braudeau, alimentent la vindicte des publicitaires vendus à la ménagère de moins de cinquante ans en osant affirmer par la bouche d'un personnage : « A part les appareils auditifs pour les sourds et les couches pour les prostatiques, on ne voit pas ce qu'un vieux pourrait faire vendre » avant de conclure : « Le vote des jeunes est le plus digne d'être écouté et les vieux n'ont qu'à se taire. » Si les « Bergers vigilants » existaient, ils auraient porté plainte et rameuté tous les médias qui admettent qu'un retraité possède généralement un pouvoir d'achat supérieur à celui d'un actif, bref qu'il convient d'attendre son dernier souffle pour enterrer un contemporain.

# 15.

# *En guise de conclusion forcément provisoire*

Voilà donc ce que j'avais sur le cœur à propos de cette dernière partie de l'existence que je m'efforce de vivre intensément, sans a priori, sans tabous, sans inhibitions, sans craintes. Mon témoignage vaut ce qu'il vaut mais il est sincère. Mes recettes sont très personnelles mais elles ne sauraient, dans le plus mauvais des cas, faire de mal à qui que ce soit. Certes, je n'ai pas tout dit de ce qui me concernait. Par pudeur et par respect humain, je me suis borné à d'encourageantes généralités. Mais sachez que les détails ne le leur cèdent en rien. Alors n'écoutez pas les mauvais augures, les moralistes chagrins, les prophètes du pire. Laissez les empêcheurs d'être heureux débattre entre eux et mettez, tant que cela vous sera possible, les rieurs de votre côté. Si vous n'êtes pas parvenu à vous accommoder de cette contradiction structurelle, issue de la fragilité des caisses de retraites promises à la faillite avant dix ans, qui veut que c'est au moment où l'on pourrait le plus en profiter qu'on doit réduire son train de vie, souvenez-vous que des joies aussi simples qu'un beau coucher de soleil, la naissance d'une fleur ou une rondelle de saucisson accompagnée d'une tartine beurrée, sont à la portée de toutes les bourses. L'art de vivre implique aussi, à chaque tournant de la vie — et l'arrêt de l'activité professionnelle constitue un sévère virage —, la faculté de changer d'habitudes, de modérer ses dépenses et de revenir à l'essentiel qui est souvent plus agréable que le superflu.

Je vous souhaite tout le bonheur que j'éprouve encore à l'heure où j'écris ces lignes. Faites votre devise de la formule « longue et bonne ». Et dites-vous que, si le paradis existe dans l'au-delà, il s'ouvre d'abord à ceux qui estiment insupportable la condition humaine. Les autres savent attendre un peu. Soyez de ceux-là pour lesquels chaque jour supplémentaire est un jour gagné et qui ne renonceront qu'à la fin aux plaisirs que procure chaque âge. Ainsi soit-il.

Bien sûr, il serait assez regrettable, pour ne pas dire parfaitement ridicule, qu'au moment de la parution de cet ouvrage je ne me déplace plus qu'en petite voiture ou que — pire — j'aie disparu du monde des vivants. Mais je conseillerais alors à mon éditeur de poursuivre la commercialisation en changeant seulement le titre et en substituant à *La belle vie après 70 ans* un plus logique mais non moins optimiste *Ce qui est pris est pris.*

## 16.

## *Les mots pour tout dire après y avoir longuement réfléchi…*

## A

*Affaires (repas d')* : Tradition tellement ancrée dans nos mœurs qu'elle est capable de survivre aux affaires.

*Aigrefin* : Malfrat de la vieille école.

*Air* : A tendance à se raréfier. Seuls les politiciens n'en manquent jamais.

*Alarmisme* : Tendance à s'alarmer lorsque le système d'alarme ne fonctionne plus.

*Alcool* : Conserve mieux les viscères des morts que ceux des vivants.

*Alexandrin* : Façon anachronique de respirer au milieu ou à la fin d'une phrase.

*Allergie* : Phobie scientifiquement inexpliquée mais médicalement admise.

*Allocation* : Aumône versée aux pauvres avec l'argent des riches amputé du salaire de cinq millions de fonctionnaires.

*Allumeuse* : Coquette qui s'évertue à remuer des braises parfois éteintes.

*Allure* : Reliquat de standing. Exemple : elle a toujours fière allure.

*Altesse (votre)* : Vocatif que les Français doivent de plus en plus souvent importer.

*Altruisme* : Egoïsme de ceux qui appréhendent de voir leur bonheur gâché par le malheur des autres.

*Amabilité* : Gentillesse de ceux qui n'ont pas de cœur.

*Amour* : Sentiment si fort qu'il fait oublier toutes les raisons qu'on aurait de ne pas aimer. Ne peut se transformer en amitié que si le soulagement causé par la séparation est plus important que le chagrin suscité par la rupture.

*Amour-propre* : C'est en son nom que l'amour se retrouve dans ses plus sales draps.

*Amphithéâtre* : Sépulture gratuite sur le marbre et non pas dessous, offerte aux dépouilles de ceux qui ont fait don de leur corps à la science.

*Analyse*: Se dit indifféremment d'un examen d'urine ou d'une explication de texte.

*Anatomie*: Le corps lorsqu'il n'intéresse que les médecins et les obsédés.

*Ancien* : Vieux qui a réussi.

*Année (bonne)*: Charmante coutume, qui fait qu'un jour par an, on souhaite bonheur, santé, prospérité et longue vie à des gens que, les trois cent soixante-cinq autres jours, on laissera — s'ils n'ont pas trop mauvaise haleine — crever la gueule ouverte.

*Antédiluvien* : Pas né de la dernière pluie.

*Anthropomorphisme*: Maladie dont souffrent principalement les mémères à chiens et leurs caniches.

*Aphrodisiaque*: Stimulant destiné à réveiller le cochon lorsqu'il s'endort de trop bonne heure.

*Ardoises* : Trop lourdes deviennent des tuiles.

*Atre* : Coin du feu à l'époque où les cheminées ne servaient pas qu'au Père Noël.

*Arbre*: Végétal débile qui survit au bipède intelligent qui l'a planté.

*Archéologie*: Gériatrie des époques.

*Archives* : Papiers laissés à des héritiers pour allumer le barbecue.

*Arithmétique (politique)* : On ne divise plus pour régner, on additionne pour nuire.

*Association* : Famille de rechange.

*Au-delà* : Adresse posthume à laquelle les croyants font suivre le courrier qu'ils adressent à leurs ascendants.

*Autodérision* : Méthode qui consiste à ne s'en remettre qu'à soi-même du soin de faire savoir qu'on est un va-de-la-gueule et un moins-que-rien.

*Automobiles* : Celles des autres sont aussi insupportables que les enfants qu'on n'a pas faits.

*Avocat* : Défend la veuve et l'orphelin en quête d'héritage.

**B**

*Bac* : Diplôme accordé à 80 % des élèves ayant dépassé le niveau de l'analphabétisme.

*Bactérie* : Microbe farceur.

*Baïonnette* : A longtemps permis de servir le zouave en brochette.

*Baiser* : Se dit à la fois du hors-d'œuvre et du plat de résistance.

*Bal (carnet de)* : On l'échangeait autrefois contre un livret de famille.

*Balai* : Symbole d'une féminité de plus en plus rebelle.

*Baldaquin* : Forme médiévale et romantique du camping.

*Ballon* : Pierre angulaire en caoutchouc de la société sportive.

*Bandits* : Sont de moins en moins manchots.

*Banques* : Ne prêtent qu'aux riches et aux escrocs.

*Beau-frère* : Intrigant qui a réussi à infiltrer une famille.

*Beau-père* : Par antiphrase le vilain monsieur qui a épousé jolie maman.

*Bénévole* : Individu qui exige de n'être pas payé.

*Bénite (eau)* : Religion liquide.

*Bêtes* : Le sont moins que nous. Savent nous donner l'illusion d'une prétendue supériorité.

*Bibliothèque* : L'absence de certains livres en dit davantage que la présence des autres.

*Bienfaiteur* : Personne qui abuse de sa supériorité financière.

*Big-bang* : Début d'un gâchis sans fin.

*Bijou* : Fortune portable.

*Blague* : S'en méfier car la dernière en précède souvent beaucoup d'autres.

*Bonheur* : Etat transitoire qui, comme la santé, n'annonce rien de bon.

*Bonté* : Manque de caractère souvent joint à un défaut de discernement.

*Bouillie* : Nourriture du début de l'existence et de la fin de la vie.

*Bourgeois* : Contemporain borné d'un côté par son compte en banque et de l'autre par ses inhibitions.

*Bourse* : Temple élevé à la mémoire des économies disparues où l'on vend à des chalands inconnus des produits dont ils ignorent tout.

*Brassage social* : C'était hier l'un des premiers devoirs de l'armée à l'égard des recrues. L'école s'en charge aujourd'hui. Souvent avec violence.

*Bricoler* : Faire soi-même ce que d'autres feraient mieux.

*Bruit* : Ne rassure que ceux qui appréhendent d'être seuls au monde. Paraissent sourds bien avant qu'on reconnaisse l'être autant qu'eux.

*Budget* : Sur ce plan, les chefs de famille se montrent infiniment plus rigoureux que les chefs de gouvernement.

## C

*Cabinet* : Accueille davantage de déchets lorsque c'est celui d'un ministre.

*Café-concert* : A éviter, trop vieux.

*Calcul* : Fait mal aux reins ou à la tête.

*Calotte* : Chapeau du Saint Prépuce.

*Caniche* : Bestiole bouclée qu'affectionnent les personnes que l'âge menace de calvitie.

*Cannibale* : Individu qui va au bout de son amour du genre humain.

*Capital* : A tendance à fondre sous la triple érosion du fisc, de l'inflation et des dépenses idiotes.

*Capiton* : Lorsqu'il garnit un cercueil, assure aux héritiers qu'on n'entendra pas les cris d'un enterré vivant.

*Caractère* : Fait souvent mauvaise impression.

*Caresser (dans le sens du poil quand il y en a)* : Manifester manuellement ses sentiments.

*Carrière* : Parcours égoïste.

*Casseroles* : C'est lorsqu'elles ne sont pas sur le feu qu'elles sont les plus brûlantes.

*Cathédrale* : Résidence secondaire offerte à une divinité qui ne sort jamais de sa réserve.

*Catholicisme* : Secte officielle remarquable par l'intransigeance de ses dirigeants et par l'anachronisme de ses vêtements de travail.

*Cellule* : Assurance de compagnie au début d'une carrière politique ; garantie de solitude vers la fin.

*Certitude* : Idée dont n'a pas eu le temps de se défaire.

*Cerveau* : Ordinateur sur pattes dont le disque dur se ramollit avec les années.

*Chagrin* : Peine reliée pleine peau. Exemple : lorsque orphelin de moi-même, je me quitterai pour toujours, je serai inconsolable.

*Chaisière* : Personne dévote et disgraciée qui porte encore des mitaines dans l'inconscient collectif.

*Chances (égalité des)* : Assurance donnée par un tribun logé gratuitement dans un palais national que tous les citoyens pourront accéder aux HLM moyennant paiement.

*Chanson* : Chef-d'œuvre qui dure plus souvent trois minutes qu'un siècle.

*Chapeau* : Accessoire en voie de disparition à force d'avoir été oublié dans les vestiaires.

*Chaperon* : De la duègne au proxénète, protecteur stipendié de la jeune fille à caser.

*Charentaise* : Dorlote les pieds et détruit l'âme.

*Charité* : Alibi des dîners à cinq mille francs par tête. Dépend uniquement du maintien de la classe aisée. On n'a jamais vu les mendiants se faire la charité entre eux.

*Chasse* : Poursuite d'un gibier varié par des prédateurs divers dont l'archétype est don Juan.

*Chat* : Animal prétendument domestique qui ne répond jamais à son nom et qui refuse tous les ordres.

*Cheval* : Contrairement à l'homme, c'est quand il ne court plus qu'il multiplie ses saillies.

*Chiffres* : On peut tout leur faire dire. Même parfois la vérité.

*Chocolat* : Douceur qu'affectionnent les frustrés de l'amour.

*CHU* : Ultime sigle proposé à l'attention des agonisants.

*Cicatrice* : Mémoire du corps.

*Cinéma* : Local mal éclairé où l'on entrepose des scénarios souvent obscurs.

*Civile (société)* : De plus en plus pléthorique depuis l'abolition de la conscription.

*Classe* : Quand elle n'est pas naturelle, donne lieu à des luttes fratricides.

*Clavecin* : Ancêtre du synthétiseur.

*Client* : La haine du client est en train de remplacer la lutte des classes.

*Clone* : Chasse l'autre.

*Cocu(e)* : Personne de goût dont le partenaire plaît aussi aux autres.

*Cœur* : Muscle à tout faire : la vie, l'amour, le bien et le trépas.

*Coffre-fort* : Tirelire inventée pour que les cambrioleurs ne perdent pas leur temps à chercher l'argent sous les meubles.

*Colonies* : Ne réapparaissent plus que pendant les vacances.

*Combattant (ancien)* : Menacé d'extinction depuis qu'on n'a plus le courage de faire la guerre.

*Commandeur* : Statue élevée de son vivant à un contemporain méritant ou possédant de belles relations.

*Commerçant* : Personne que la loi autorise à revendre beaucoup plus cher qu'elle n'a acheté mais à condition de partager le fruit de sa malhonnêteté avec l'Etat.

*Compote* : Fruits pour édentés.

*Con* : Desproges disait que le pire con est le vieux con car on ne peut rien contre l'expérience. Le fait qu'avant d'être un vieux con on était un jeune con ne constitue pas une circonstance atténuante.

*Concert* : Spectacle offert aux mélomanes qui ne croient qu'à ce qu'ils voient.

*Concession à perpétuité* : Réduite dans l'espace, illimitée dans le temps.

*Concierge* : Se trouve de moins en moins souvent aux premières loges. La tradition orale disparaîtra en même temps qu'elle.

*Conférencier* : Personnage cultivé chargé de surveiller les siestes digestives de veuves d'officiers supérieurs.

*Confidence* : Imperméable de la femme exhibitionniste.

*Confiture* : Sort plus souvent désormais des usines d'acier que des bassines de cuivre. Mais ses étiquettes demeurent artisanales.

*Consoler* : Expliquer à quelqu'un qui est très éprouvé : 1- qu'il y a plus malheureux que lui ; 2- que le défunt est mieux là où il est ; 3- que le pire reste sans doute à venir.

*Conversation* : Dix pour cent de banalités météorologiques, vingt pour cent de médisances concernant autrui, soixante-dix pour cent de propos visant à faire partager un énorme contentement de soi.

*Coquin* : Vieillot. A éviter sauf dans l'expression « les copains et les coquins ».

*Cordonnier* : Artisan condamné à la faillite par l'invention des chaussures de basket.

*Corruption* : Corrompt tout sauf la misère.

*Corse* : Rodéo du pouvoir.

*Cosmos* : Grande banlieue du système planétaire.

*Coucher* : Moyen de réussir quand on s'en relève.

*Couple* : Attelage momentané.

*Couvre-feu* : Interdit médiéval remis à la mode pour empêcher les nourrissons d'agresser les vieillards à la nuit tombée.

*Crésus* : Symbole de la richesse. Lucullus fait sa cuisine.

*Crever* : Se dit également d'un pneu qui perd son air et d'une personne qui exhale son dernier souffle.

*Croix* : Chacun porte la sienne. Certains à la boutonnière.

*Culture* : Solution de facilité qui s'approprie l'intelligence des autres et qui dispense de toute improvisation.

## D

*Dame* : Mot charmant et désuet qu'on ne peut plus lire que sur la porte des toilettes.

*Dates (mémoire des)* : S'évanouit sous la pression des années. N'est plus guère nécessaire qu'aux historiens.

*Débauche* : Galipette des autres.

*Décolleté* : Appas en vitrine. Prévoir un voile quand Monseigneur est du dîner.

*Décoration* : Fait oublier de la même façon la tristesse d'un lieu et la médiocrité d'un homme.

*Découvertes* : Sont à mettre à l'actif de l'intuition humaine sauf la grotte Chauvet qui, comme son nom ne l'indique pas, a été découverte par un chien.

*Dédramatiser* : Insister sur le bon côté d'un malheur.

*Défaut* : Qualité personnelle gênante pour autrui. Exemple : l'avarice.

*Délectation* : Généralement agréable mais peut être morose.

*Demeuré* : Contemporain qui éprouve beaucoup de peine à sortir de lui-même.

*Démocratie* : La moitié des cons plus un.

*Dents* : Tombent comme des feuilles à l'automne de la vie.

*Dépravé* : Individu qui suit ses instincts en général et les gamines en particulier.

*Dépucelage* : Inauguration sexuelle. A cessé d'être assimilé à une perte de capital.

*Député* : Elu que les électeurs dispensent de ses soucis quotidiens avec l'espoir (souvent déçu) qu'il réglera les leurs.

*Dernières volontés* : On pourra vraiment parler de leur respect lorsque le testataire aura le droit de déshériter complètement sa famille.

*Désert (traversée du)* : En politique, sa durée est laissée à l'initiative des chameaux.

*Désespoir* : Manque passager de caractère devant le chagrin et l'adversité. Hier on faisait confiance au temps. Aujourd'hui on absorbe des cachets. Est à la mort ce que le beurre de cacao est au suppositoire : un excipient qui rend plus facile le passage.

*Désir* : Envie irrésistible jusqu'à ce qu'arrive le moment de la satisfaire.

*Désordre* : S'observe dans les rues des banlieues difficiles et dans les chambres d'adolescents.

*Dettes* : Fortune négative.

*Développement (pays en voie de)* : Nation ayant récemment accédé à l'indépendance et aux subventions votées par les Etats riches pour permettre à ses dirigeants de rouler en limousines de luxe.

*Deuil (travail de)* : N'obéit pas à la loi des trente-cinq heures.

*Dextre* : Main droite très ridée.

*Diable* : Epouvantail religieux.

*Diagnostic* : Hypothèse médicale.

*Différence (droit à la)* : Autorise tous les débordements.

*Dignité* : Gravité des cons.

*Dilemme* : Vivre jusqu'à la fin avec soi-même ou se prendre pour un autre en devenant gâteux.

*Dimanches* : Plus tranquilles dans les dictatures où l'on ne vote pas.

*Discours* : Allocution télévisée assez longue pour autoriser, en son milieu, la satisfaction d'un besoin naturel.

*Dispute* : Echanges de vues, de noms d'oiseaux et de porcelaines.

*Distribution (grande)* : Possibilité donnée aux produits manufacturés de se passer de vendeurs.

*Divertissement* : Spectacle destiné à changer les idées des spectateurs ou des téléspectateurs. Exemples : *real TV*, violences, crimes et drames en tous genres.

*Divin* : Tout ce qu'on ne comprend pas. Le vrai miracle tient à ce que les progrès de la science ne réduisent aucunement le champ du divin.

*Douleur* : Concerne aussi bien la disparition d'un proche qu'un ongle incarné. Depuis qu'on soigne la douleur, faute de pouvoir soigner la maladie, les chambres d'hôpital sont moins bruyantes.

*Drague* : Recrutement sexuel.

*Drapeau* : Emblème textile plus facile à emporter lors d'une défaite qu'une ogive nucléaire.

*Drogue* : Enfer chimique de ceux qui ne croient plus au paradis religieux.

*Droit* : Ensemble de textes votés par la société pour se donner bonne conscience quoi qu'il arrive. Exemple : Mitterrand avait Badinter pour le droit et Dumas pour le tordu.

*Durée* : Quatrième dimension d'une carrière.

## E

*Eau* : Sera bientôt minérale ou ne sera plus. Permet de rester dans le bain longtemps après avoir quitté le rivage.

*Echangisme* : Troc impliquant quelques bonnes affaires mais seulement dans le secteur de l'occasion.

*Ecologie* : Tarte à l'ozone.

*Economies* : Argent qu'on est parvenu à soustraire à la rapacité des finances publiques.

*Ecouter* : Verbe très irrégulier.

*Ecran* : Fenêtre moderne.

*Education* : Dans l'acception courtoise, se perd. Exemple : les jeunes ne sont pas mal élevés puisqu'ils ne sont plus élevés du tout.

*Eglise* : Réunion de desservants et de fidèles s'adressant régulièrement à une divinité qui ne leur répond jamais.

*Elections* : Fêtes organisées périodiquement par la démocratie avec l'espoir toujours déçu de changer le fardeau d'épaules.

*Electricité* : Fée du logis. Quand elle est défaillante, l'âge des cavernes revient.

*Elitisme* : Tendance à se croire meilleur que les autres, voire unique. Exemple : l'homme possède la seule intelligence de l'univers.

*Eloge funèbre* : Et si le bien qu'on dit toujours des disparus s'expliquait par la certitude qu'ils ne feront plus aucun mal ?

*Employée (de maison)* : Est vraiment bonne quand elle accepte encore de tout faire.

*Enceinte* : Fait des enfants ou du bruit.

*Encenser* : Façon de se débarrasser des morts et d'embarrasser les vivants.

*Energumène* : Malappris d'un autre siècle.

*Ennemis* : Si l'on veut en tirer du plaisir, il convient de les choisir en mauvaise santé ou plus âgés que soi.

*Enrichir (s')* : Mettre dans sa poche un argent qui, précédemment, se trouvait dans la poche d'autrui.

*Enseignement* : Métier qui assure à des bac + 5 de disposer de quatre mois par an pour écrire des livres.

*Enterrement* : Cérémonie religieuse ou laïque réunissant une famille, qui n'a pas encore pris connaissance du testament, les vrais amis, les gens que le défunt ne pouvait pas voir (et qu'il ne voit pas) ainsi que les observateurs accourus pour scruter le chagrin des proches.

*Entraîneuse* : Est à un bar ou à un cabaret ce que l'entraîneur est à un club sportif. C'est-à-dire une professionnelle d'expérience chargée de diriger les exercices physiques.

*Entremetteuse* : Dame que le veuvage ou le divorce n'a pas découragée d'arranger des mariages.

*Entreprise (culture d')* : Fascinant concentré de règlements intérieurs, de jalousies locales et de médisances assassines.

*Entrisme* : Erreur de jeunesse qui peut vous poursuivre dans l'âge mûr.

*Epargne* : Toujours petite. L'Etat conserve ainsi dans ses caisses les quelques billets de banque qu'il n'a pas confisqués.

*Epitaphe* : Sur ma tombe j'aimerais qu'on grave : « Il y est passé comme les autres ! »

*Erection* : Symbole de la virilité et prolongement de la jeunesse. Lorsqu'il cesse d'être un organe raide, le sexe devient une idée fixe.

*Erotisme* : Est à l'amour ce que l'étalage est au boutiquier, c'est-à-dire une promesse pas toujours tenue quand on passe à l'intérieur du magasin.

*Espérances* : De plus en plus réduites par l'espérance de vie.

*Esprit* : Humour à la française, art de jouer avec les mots. On finit souvent par le perdre.

*Essoufflement* : Manque d'air avant l'expiration définitive.

*Etat civil* : Institution qui permet de rattraper des encore jeunes pour en faire des déjà vieux.

*Eternité* : Dommage qu'elle commence toujours au lendemain du trépas. Possibilité de conserver jusqu'à la fin des temps l'âge qu'on avait le jour de sa disparition.

*Etranger* : Individu appartenant à une autre race, à un autre pays, à une autre ville, à un autre quartier ou habitant un autre immeuble.

*Exhibitionnisme* : Tendance à montrer sa réussite ou son sexe. Spectacle très différent à partir d'un certain âge.

*Existence* : Parcours qui permet de faire le con jusqu'au moment où on fait le mort.

*Extralucide* : Personne lucide qui vit d'extras.

*Extrémistes* : Militants qui en viennent facilement aux mains. Exemple : les extrêmes se touchent.

## F

*Façade (ravaler la)* : Confier son maquillage à Bouygues ou aux grands travaux de Marseille.

*Face-à-main* : Mode charmante tombée dans le corsage puis en quenouille avant d'être assassinée par Afflelou.

*Faculté* : Endroit où l'on enseigne le soulagement des vivants avant de dépecer les morts.

*Fainéant* : Paresseux d'avant la loi des trente-cinq heures.

*Femme* : Partenaire paritaire.

*Fétichisme* : Focalisation sur un objet adopté pour symboliser un sentiment. Exemples : une guêpière, une chaussure, un bas de soie.

*Fidèle (homme)* : Goujat paresseux qui refuse à sa compagne le suprême satisfecit d'une appréciation comparative.

*Fièvre* : Lorsqu'elle s'élève trop, elle annonce le grand refroidissement.

*Fin (mots de la)* : Généralement apocryphes, le moment prédisposant surtout au borborygme.

*Finesse (esprit de)* : Rare et plus répandu chez les femmes incultes que chez les hommes érudits.

*Flatterie* : Le plus aimable des abus de confiance.

*Fleurs* : Hommage végétal rendu à une dame en pleine santé ou à un contemporain défunt. Dans le deuxième cas, c'est le prêtre qui se charge de l'arrosage.

*Flirt* : Reconnaissance du terrain avant l'assaut.

*Foi* : Aptitude à croire ce que racontent des religieux qui ne la possèdent pas toujours.

*Folle (du logis)* : Imagination délirante ou épouse dépressive.

*Fonctionnaires* : Salariés sadiques entretenus grassement par des contribuables masochistes afin qu'ils les fassent souffrir.

*Fortune* : Différence entre la recette et la dépense. Il n'existe donc pas de cassette sans avarice.

*Foyer (fiscal)* : Cellule élémentaire consumée par les prélèvements obligatoires.

*France* : Si elle n'était pas le plus beau pays du monde, elle n'accueillerait pas chaque année soixante-quinze millions de touristes.

*Fratrie* : Ensemble de collatéraux qui, en vieillissant, se parlent de moins en moins ou plus du tout.

*Froid (chaîne du)* : Va du ventre maternel au caveau de famille.

*Frontières* : Disparaissent en même temps que les saisons. Depuis qu'en Europe les douaniers sont rentrés sous terre, le passage dans un pays étranger ne procure plus les mêmes émotions.

*Fumeur* : Personne généreuse qui envoie gratuitement les poisons, dont elle se délecte, aux narines de ceux qui n'en sont pas friands.

*Funérailles* : Enterrement donnant lieu à une facture élevée.

## G

*Gaieté* : Etat d'inconscience de certains êtres, pourtant guettés comme les autres par les maladies et le trépas.

*Ganache* : Vocable aussi démodé que les individus qu'il désigne.

*Gant* : Préservatif manuel tombé en désuétude en même temps que le couvre-chef. Ainsi n'entend-on plus personne réclamer : « Mes gants et mon chapeau ! »

*Gastronomie* : Supplément à l'humanisme inventé pour donner bonne conscience aux goinfres.

*Gendarmes* : Notables dans les villages. Epouvantails au bord des routes.

*Généalogique (arbre)* : Certains bipèdes s'y accrochent avec l'espoir d'y trouver la branche qui leur manque.

*Généraliste* : Petit frère des malades qui vient les faire patienter avant qu'ils aient obtenu un rendez-vous avec le spécialiste.

*Génération* : Ensemble de contemporains ayant les mêmes phobies et les mêmes fantasmes.

*Glorieuse* : Veuve abusive d'un homme célèbre (selon André Roussin qui a consacré à l'espèce une jolie petite pièce en vers).

*Gourou* : Directeur de conscience d'origine non religieuse mais qui fait quand même la quête.

*Gouvernement* : Hiérarques qu'on renverra dès la première occasion à leurs chères études.

*Grâce (état de)* : Lacunes astucieusement provoquées par la nature pour que l'être vieillissant souffre moins de certaines détériorations. Exemple : l'aveugle ne voit pas ses rides.

*Graffiti* : Art graphique selon Jack Lang. Bien qu'il n'ait rien à dire et qu'il ne dise rien, le tagueur prétend s'exprimer.

*Grammaire* : Règles complexes grâce auxquelles les étrangers parlent mieux le français que nous.

*Gratte-dos* : Permet d'oublier, le matin dans son bain, qu'on est célibataire ou veuf.

*Greluchon* : Gigolo aujourd'hui centenaire.

*Grisette* : Mot à bannir en dehors des causeries dans les hospices.

*Grossesse* : Période durant laquelle une femme (ayant parfois plus de soixante ans) porte un enfant comme on porte le Saint Sacrement.

*Guérisseur* : Soignant qui remplace les diplômes par un don. Evite certains longs traitements à la Sécu qui refuse cependant de prendre ses interventions en charge.

*Guerre* : Période durant laquelle les militaires s'activent pour donner du travail aux civils du bâtiment.

## H

*Habit* : Fait de moins en moins le moine et le militaire. Les toreros seront bientôt les derniers à le porter.

*Haine* : Sentiment fort qui préserve de l'indifférence. Plus solide lorsqu'elle est récente.

*Haleine* : Rarement fraîche. Témoigne d'une vie intérieure parfois difficile.

*Hamsters* : Bénéficient de tous les nouveaux médicaments cinq ans avant les hommes.

*Hasard* : A bon dos quand on l'a provoqué. A mauvais caractère lorsqu'on lui laisse la bride sur le cou.

*Héritage* : Affection en viager.

*Héros* : Personnage devenu emblématique par ses mérites exceptionnels ou par sa rassurante médiocrité.

*Hiver* : Saison des vilaines grippes et des beaux héritages.

*Homme* : Si le Créateur n'a rien créé de mieux, ça ne vaut pas la peine de s'agenouiller devant lui.

*Homosexualité* : Dernière chance de réduire les files d'attente aux péages, l'encombrement des crèches et la saturation des transports en commun.

*Honnêteté* : Tient d'abord à l'absence de propositions malhonnêtes.

*Hôpital* : Bâtiment dont les couloirs sont ouverts à tous et les chambres à quelques-uns.

*Hôtel* : Etablissement dans lequel on dépense davantage que d'habitude pour être moins bien que chez soi.

*Humour* : Au choix : politesse du désespoir ou impertinence des condamnés à mort.

*Hypermarché* : Magasin dans lequel, comme son nom l'indique, on doit faire beaucoup plus de pas que dans un autre.

# I

*Idée (générale)* : Peut remplacer la culture à condition de savoir relier un fait particulier à une situation générique.

*Imbécile* : Individu qui s'obstine à se croire aussi intelligent que vous.

*Impôt* : Somme soustraite au pouvoir d'achat pour payer les collecteurs d'impôts.

*Imprimantes* : Ont remplacé les imprimeries.

*Inceste* : Permet d'éviter les mésalliances.

*Incinération* : Ultime grillade organisée dans un décor de Kafka. Semble encore plus interminable quand le défunt n'avait que la peau sur les os.

*Inégalités sociales* : Paraîtraient encore plus nombreuses si les pauvres ne vivaient pas souvent au-dessus de leurs moyens.

*Infirmité* : Mort à petit feu.

*Ingratitude* : Précieuse faculté d'oublier le bien qu'on vous a fait.

*Innocence (présomption d')* : Disposition légale qui oblige la police à témoigner sa sollicitude à des criminels confirmés.

*Innocent* : Coupable dont on n'a pas encore fouillé le passé.

*Insolvabilité* : N'est vice que quand elle est organisée.

*Internet* : Réseau qui permet à des gens qui n'ont rien à dire de communiquer avec des gens qu'ils ne connaissent pas.

## J

*Jardin* : Gazon béni. Dernier lien avec la nature.

*Jargon* : Langage codé derrière lequel s'abritent les professions libérales et technologiques.

*Jésus* : Jeune intrigant de très bonne famille. Ancêtre des kamikazes.

*Jeunesse* : Ça passe toujours, ça lasse souvent, ça casse de plus en plus.

*Jour* : C'est long un jour, c'est court une vie.

*Journalisme* : Discipline autorisant à apprendre juste avant d'enseigner et à tout oublier ensuite.

*Jubilation* : La bonne jubilation inonde le cœur. La mauvaise jubilation noie le foie sous la bile.

## L

*Laideur* : Assurance de vieillir moins rapidement que les autres.

*Lampiste* : Dernier contemporain à porter le chapeau.

*Langue* : Titille agréablement le cursus lorsqu'elle est étrangère.

*Lapin* : Animal qui ne vient jamais à ses rendez-vous.

*Latin* : Langue morte à la fin du XX$^{e}$ siècle.

*Lessive* : Rituel domestique assassiné par les pressings et les laveries automatiques.

*Lettre* : Entre la missive et l'e-mail.

*Liberté* : Tarte à la crème des démocraties. On en prend de plus en plus à son égard.

*Liquidateur d'entreprises* : Gros malin capable de trouver dans une caisse vide assez d'argent pour se rétribuer personnellement.

*Longévité* : Faute de pouvoir la prévoir avec certitude, conserve un caractère ludique.

*Lunettes* : Objets de confort, très mal remboursés par la Sécu et qu'on ne peut espérer retrouver dès lors qu'on les a perdues et si elles sont uniques.

*Luxe* : Ouate sociale qui isole les privilégiés des grands problèmes de leur époque.

## M

*Machine* : Remplace avantageusement l'être humain puisqu'elle n'est pas syndiquée, ne part pas en week-end, ne prend jamais de vacances et ignore la loi des trente-cinq heures.

*Magouille* : Combine des autres.

*Malchance* : Absence le jour où la chance passe.

*Malheur* : IBB ou Interruption Brutale de Bonheur.

*Manifestation* : Action revendicative sectorielle visant à susciter une paralysie générale.

*Marbre* : Plancher des vivants et toit des morts.

*Mazette ! ou flûte !* : Si votre vocabulaire d'exaspération se limite à ces deux mots démodés, ravalez vos colères.

*Méchanceté* : Cruauté dont on pourrait faire l'économie.

*Médisance* : Jamais inutile si l'on en croit Beaumarchais : « Calomniez, il en restera toujours quelque chose. »

*Mélancolie* : Tristesse douce et distinguée.

*Membre* : Tout ou partie de l'homme selon qu'il s'agit de l'adhérent d'un club ou d'un amant.

*Mémoire* : Fuit avant la vie.

*Météo* : Indications thermiques utilisées comme liant social.

*Métier* : Courte activité comprise entre deux moments de repos.

*Meuble* : Cache-sexe des murs.

*Miracle* : Intervention divine ou lacune scientifique.

*Misérabilisme* : Technique inventée pour que les riches puissent se changer les idées.

*Moderne* : Jeune, frais, libéré et joyeux.

*Morales (personnes)* : Ont cessé de l'être.

*Morgue* : Refuge très frais où les pensionnaires le sont moins.

*Musée* : Endroit si froid que le directeur a droit au titre de conservateur.

*Musique* : Sons agencés plus ou moins frénétiquement.

*Mystère* : Vérité non révélée.

## N

*Naïveté* : Explication poétique et sentimentale de la bêtise.

*Natalité* : Principale industrie du tiers-monde.

*Nécessiteux* : Pauvres nécessaires à la bonne conscience des nantis.

*Népotisme* : La plus efficace façon de lutter contre le chômage des jeunes.

*Nerfs* : Ont bon dos sauf dans les sciatiques.

*Numérique* : Forcément mieux. Mais plus cher.

## O

*Odeur* : Signature olfactive.

*Œil* : Fenêtre de l'âme ouverte quelques heures par jour sur le monde.

*Œuvre* : Ensemble de tableaux, de livres, de chansonnettes issu de l'imagination d'un même individu. Le gros œuvre survit parfois mieux qu'une grande œuvre.

*Opération* : Ouverture au bistouri du portefeuille d'un malade.

*Opposition* : Gens qui aspirent au pouvoir sans toujours s'y préparer.

## P

*Papier* : Devait disparaître complètement de nos bureaux. A été sauvé par l'Administration.

*Paradis* : Tant que les défunts s'obstineront à nous cacher comment ils ont été accueillis à la porte du ciel et le manque de confort du paradis, les religions auront beau jeu de continuer à promettre le bonheur dans l'au-delà à ceux qui ne l'ont pas trouvé ici-bas.

*Parentèle* : Gens qui ont couché ensemble avant qu'on naisse.

*Paresse* : Panne de courage promue au rang d'acte de solidarité par la législation sociale.

*Parité* : Partage équitable entre les deux principaux sexes de multiples tâches et de quelques plaisirs.

*Parlement* : Lieu où les plus forts font la loi.

*Particule* : Augmente à la fois le prix des cartes de visite et les risques de consanguinité.

*Passé* : Présent décomposé.

*Patience* : Ne pas confondre celle du félin qui guette sa proie pendant des heures et celle du citoyen-contribuable corvéable à merci qui attend jusqu'à la fin de son existence des jours meilleurs.

*Patrie* : Notion abstraite et passéiste achevée par l'Europe.

*Patrimoine* : Machine infernale inscrite au centre d'un cercle vicieux. Si on en est dépourvu, on est un marginal. Si on en bénéficie, on est un profiteur.

*Pauvres* : Empêcheurs de manger tranquillement son caviar. On les ménagerait moins s'ils ne s'arrangeaient pas pour être aussi nombreux.

*Paysan* : Professionnel que la collectivité subventionne pour ne rien cultiver et pour abattre son cheptel. Jamais content quand même.

*Penser* : Privilège des intellectuels.

*Permis à points* : Crédit d'imprudences.

*Personne* : Quelqu'un dans le meilleur des cas.

*Pétrole* : Jus de la terre qui sert de bouillon de culture aux taxes.

*Peur* : N'évite pas le danger mais fait prendre un peu d'exercice aux poils.

*Philosophie* : Sert à nourrir ceux qui en font métier et à consoler les autres de ne pas en croquer.

*Photographie* : Dernier art résolument figuratif.

*Placards* : Se remplissent chaque fois que se vident les canons.

*Plaisir* : Satisfaction d'un instinct souvent bestial. Les petits plaisirs aident à oublier qu'il n'existe pas de grand bonheur.

*Plan social* : Mesure antisociale imposée par l'imprudence du précédent patron qui a engagé trop de salariés trop bien payés.

*Police* : Sans elle, l'insécurité serait totale. Avec elle, la sécurité n'est plus assurée.

*Population* : Les démographes avaient forcé leurs prévisions. Nous ne serons pas vingt milliards en 2050. Pas même dix milliards. Il va donc falloir revoir à la baisse l'ouverture de nouveaux cimetières.

*Port de plaisance* : Lieu conçu pour que les navigateurs, qui ne prennent pas la mer, puissent rencontrer les vacanciers qui n'ont pas de bateau.

*Président* : Un Français sur quatre a droit à ce beau titre. Plus un camembert réputé.

*Presse* : Recèle l'actualité avant d'envelopper le poisson.

*Prisonnier* : Citoyen qu'on enferme afin de le sensibiliser à la violence, à la drogue et à la sodomie.

*Propres (noms)* : Lorsqu'on les oublie c'est qu'ils ne méritaient pas leur qualificatif.

*Prostitution* : L'une des très rares professions à avoir, en dépit des progrès technologiques, conservé son caractère artisanal.

*Prothèse* : Ne remplace jamais avantageusement ce qu'on a perdu.

*Psychanalyste* : Confesseur laïque qui dort dans un fauteuil tandis que ses clients travaillent sur un divan.

*Publicité* : Est à la consommation ce que l'érotisme est à l'amour. Le plaisir ne suit pas toujours.

*Purée* : Nourriture prémâchée symbole de la ruine.

## Q

*Quadrature (du cercle)* : Rébellion géométrique des cercles vicieux.

## R

*Rabâcher* : Répéter aujourd'hui pour la énième fois que tout était mieux hier.

*Racisme* : Solution de facilité qui n'exige qu'un coup d'œil pour choisir ceux qu'on haïra.

*Radio* : Parle à l'oreille des gens. Elément irremplaçable de la vie quotidienne à laquelle elle offre son principal fond sonore.

*Ragot* : Information médisante.

*Rancune* : Erudition de la colère.

*Râtelier* : Denture qui dort dans un verre.

*Régime* : Dictature de la diététique.

*Regret* : Amertume née de la disparition d'un état privilégié. A ne pas confondre avec remords.

*Religion* : Dispositif psychosomatique inventé voilà longtemps pour calmer la colère des déshérités et l'angoisse des mourants.

*Reliques* : Saint en pièces détachées. Réassortiment et échanges standard impossibles.

*Remords* : Réveil tardif de la conscience. A ne pas confondre avec regret.

*Respect* : Signe extérieur accordé aux personnes qui n'inspirent plus l'amour. On respecte les vieux parce qu'ils ont résisté aux microbes qui tuent de plus en plus souvent les jeunes.

*Restaurant* : Lieu où l'on peut être nourri sans devoir épouser la cuisinière.

*Richesse* : Triste état de ceux qui n'ont plus rien à désirer.

*Rot* : Rediffusion de l'estomac.

*Royalistes* : Citoyens qui refusent d'être gouvernés par des gens dont ils n'ont pas connu les parents.

*Rupture (lettres de)* : Il convient de soigner leur rédaction afin que les destinataires se précipitent chez l'encadreur plutôt que chez l'armurier.

## S

*Sacrifice* : Echange d'une peine certaine contre un plaisir virtuel.

*Saint-Siège* : Trône dont le fond est ouvert depuis la papesse Jeanne.

*Salon* : Agora familiale (prononcez « living » ou « salle de séjour »).

*Sang* : Liquide moitié physiologique, moitié symbolique.

*Savant* : Erudit qui, contrairement au professeur, ne partage son savoir qu'avec des homologues.

*Saules* : Dans les cimetières, savent pleurer plus longtemps que les familles.

*Sécurité* : Maître mot et principale angoisse d'une société de plus en plus permissive à l'égard des malfrats.

*Séismes* : Ce n'est pas la terre qui tue ni le grand Bâtisseur mais les maisons construites par de petits architectes toujours tenaillés par la mégalomanie babélienne.

*Sénilité* : Vieillissement normal ou prématuré selon le degré de sympathie éprouvé pour le sénile.

*Senior* : Oubliez le cousinage étymologique avec « sénile ». Et pensez plutôt à « seigneur ».

*Sexualité* : Habitudes et rituels entourant l'acte de reproduction ou ses différentes simulations.

*Sieste* : Sommeil diurne qui procure la volupté de dormir tandis que les autres travaillent.

*Silence* : Rare et cher. Moins coûteux toutefois que le bruit produit par la musique moderne.

*Simplicité* : La classe suprême lorsqu'elle n'est pas d'esprit.

*Société* : Conglomérat aux responsabilités très limitées.

*Soldes* : Possibilité offerte bi-annuellement d'acheter à des prix réduits des produits dont on n'a pas vraiment besoin.

*Sommeil* : Instant privilégié de l'existence où l'on perd toute conscience de la vie. S'il ne séparait pas les couples, il y aurait deux fois plus de divorces.

*Spot (de télé)* : Court-métrage de fiction où deux figurants s'embrassent au chevet d'un produit manufacturé.

*Statistiques* : Plus des trois quarts des décès constatés en Europe occidentale surviennent en milieu hospitalier. Evitons l'hôpital. Et l'Europe occidentale.

*Suicide* : Acte désespéré de quelqu'un qui ne fait plus confiance ni aux médecins, ni à la guerre, ni aux transports, ni à la nature.

*Superstition* : Mini-religion sur mesure.

*Surdité* : Le pire n'est pas, quand on vieillit, de ne plus distinguer nettement certains mots mais de les confondre avec d'autres et de répondre à côté en laissant croire, non que l'oreille faiblit, mais que l'esprit déraille.

## T

*Tabac* : Poison dont la vente rapporte encore davantage à l'Etat que ne lui coûte l'hospitalisation de ses victimes.

*Tableau* : Représentation de la réalité ou création imaginaire destinée à mettre des taches de couleurs sur les murs des salons bourgeois.

*Talent* : Aide à oublier qu'on n'a pas de génie. Peut se manifester jusque dans l'ouverture des huîtres.

*Téléphone* : Renforce paradoxalement le lien de l'usager avec la collectivité depuis qu'il peut se passer de fil.

*Télévision* : Providence des m'as-tu-vu.

*Travail* : Survivance de moins en moins acceptable de l'esclavagisme.

*Trépas* : Confère aux ilotes et aux rigolos la dignité des pontifes.

*Tuer* : Se substituer à Dieu pour mettre un terme à une existence. Acte mal vu sauf durant les guerres.

*Tuyaux* : Aussi peu sûrs dans les hôpitaux que sur les hippodromes.

*Tyrans* : Se rencontrent aujourd'hui plus souvent dans les familles et dans les entreprises qu'à la tête d'un Etat.

## U

*Ubiquité* : Possibilité de siéger dans plusieurs conseils d'administration.

*Uniforme* : Chavirait naguère les cœurs. A aujourd'hui mauvaise presse.

*Université* : Lieux accueillants et parfois amiantés où se retrouvent les jeunes gens animés d'une vocation ambitieuse ou seulement désireux de retarder le moment d'entrer dans la vie active.

## V

*Vacances* : Repos pluriannuel décrété pour faire travailler les professions touristiques.

*Valeurs* : On rappelle ainsi par antiphrase les actions qui phagocytent les économies des petits épargnants.

*Vedette* : Frimeur qui a réussi.

*Véhicule* : Automobile de série sans charme particulier.

*Veine* : Toujours insolente chez les autres.

*Vérité* : Sa traque peut occuper toute une vie. Quand, par hasard, on la trouve, on ne sait souvent plus quoi en faire.

*Vertu* : Mal vue parce qu'elle ne profite à personne.

*Viagra* : Médicament non remboursé. Le sexe ne doit pas creuser le trou de la Sécu.

*Vice* : Signe de personnalité. Exige des complicités.

*Vie* : Dérisoire et prétentieux ballet dansé par des condamnés à mort.

*Vieillesse* : Age auquel on ne change plus de lits mais de couches. Aujourd'hui, un homme se sent vieux quand ses enfants prennent leur retraite.

*Vierge* : Qualité de l'huile.

*Vieux* : Savent tout. Sauf qu'ils sont vieux.

*Vin* : Sang de la treille qu'on transfuse par la voie buccale.

*Vin d'honneur* : Crémation socioprofessionnelle.

*Voix* : Incomparable instrument de séduction, de communication et d'exaspération.

*Voyages* : Aident à oublier la perspective du grand départ.

## Y

*Yéyé* : Onomatopée emblématique d'une musique et d'une époque.

*Yaourt* : Chef-d'œuvre de la philosophie lactée.

## *Table*

Cet ouvrage, composé
par Nord Compo
a été achevé d'imprimer sur Roto-Page
par l'Imprimerie Floch à Mayenne,
pour les Éditions Albin Michel
en décembre 2001.

N° d'édition : 20072.
N° d'impression : 52940.
Dépôt légal : janvier 2002.
Imprimé en France